Ausgeflauscht

NORBERT NEUMANN

Ausgeflauscht

Mein Leben als Bedieneinheit

Bibliografische Information der Deutschen Nationalbibliothek:
Die Deutsche Nationalbibliothek verzeichnet diese Publikation in der Deutschen
Nationalbibliografie; detaillierte bibliografische Daten sind im Internet über
http://dnb.dnb.de abrufbar.

© 2020 Norbert Neumann
Herstellung und Verlag: BoD – Books on Demand, Norderstedt
ISBN: 978-3-7557-5244-8

– Gewidmet den wunderbarsten Gefährten, die man haben kann –

DIE PROTAGONISTEN

- Freya: Sie ist eine feingliedrige, verspielte, freundliche und furchtbar neugierige schwarze Felide, die eine Zusatzausbildung als Sanitätskatze hat
- Dörle: Eine Schildpatt, die ihrer Farbe alle Ehre macht. Nicht einfach zu handhaben, oft etwas launisch, aber mit einem Herzen aus Gold
- Aragorn, Arathorns Sohn, König von Gondor, genannt »Streicher«: Der Name ist länger, als der Kater je war. Ein Maine-Coon-Mix, der immer für eine Kasperei gut war. Ein tapferer Kämpfer wie sein literarisches Namensvorbild und bester Freund von Freya. Leider mittlerweile verstorben
- Störtebeker: Ein freundlicher roter Riese und Nachfolger Aragorns als Wingleader des Katzenkampfgeschwaders.

Inhalt

DER SCHLAF DES GERECHTEN

Es ist Nacht. Der Wecker zeigt etwa 4.30 Uhr. Ich schlafe den Schlaf der Gerechten – oder so. Immerhin sorge ich dafür, dass unsere Katzen Futter haben. Das ist doch schon mal was. A propos Katze und Futter: Freya hat beschlossen, dass sie genug geschlafen hat. Außerdem hat sie mal gehört, dass Katzen dämmerungsaktiv sind und Nacht ist ja irgendwie auch Dämmerung. Also springt sie mit Anlauf und einem frohen »MAU!« erstmal auf mich drauf und beginnt, auf mir herumzuspazieren.

Ich bin schlagartig wach und der Gedanke »immerhin hat sie sich abgewöhnt, mir in die Weichteile zu springen« formt sich in meinen vom Adrenalinstoß von null auf 150% Leistung getrimmten Gehirnwindungen. Nach einem Blick auf den Wecker – die Katze turnt immer noch irgendwo rum und schnurrt mit dem dezenten Geräusch eines defekten Presslufthammers – lege ich mich seufzend wieder hin und versuche, noch eine Runde zu schlafen. Kaum habe ich Adrenalin, Puls und Blutdruck halbwegs so unter Kontrolle, dass ich wieder ein wenig müde werde, fängt Freya an, mir ihre Liebe dadurch kundzutun, dass sie hingebungsvoll in meinem Gesicht herumschlabbert. Während ich versuche, ihr klarzumachen, dass man Zweibeiner auch ohne Austausch von Körperflüssigkeiten liebhaben kann, meldet mein Riechepithel, dass es gestern wohl Thunfisch für die Katzen gab. Mein leerer Magen legt daraufhin Protest ein und kündigt an, dass er das Frühstück verweigern wird. Dass die Felide mittlerweile entdeckt hat, dass man in meinem Gesicht hervorragend sitzen kann, macht es nicht besser.

Nachdem ich leicht würgend (immerhin hat die Katze keine Blähungen) erreicht habe, dass sie sich erstmal trollt, möchte ich mich umdrehen, um eine gute Schlafposition zu finden. Allerdings erweist sich das als schwierig, weil Freya mittlerweile wie ein Betonklotz munter schnurrend zwischen meinen Beinen liegt und irgendwie etwa 4/5 meiner Decke vereinnahmt, so dass ich mich weder bewegen kann noch wirklich zugedeckt bin. Ich verdränge den Gedanken an Einzelzellen im Tierheim und versuche mich mit dem pelzigen, schnurrenden Betonklotz zwischen meinen Beinen zu arrangieren… Irgendwie schlafe ich mit kaltem Hintern und dem Gedanken ein, dass irgendein Idiot in einer Studie nachgewiesen hat, dass Katzen entspannend und gut für den Blutdruck sind.

….muss eine andere Katze gewesen sein….

ICH BIN VERLOREN

Der Abend senkt sich über das Dorf. Gerade habe ich noch das ein oder andere am Computer erledigt, als mich ein Hungergefühl beschleicht. Stimmt: Gelegentliche Nahrungsaufnahme macht sicher Sinn. Zumindest die Katzen fressen, wenn sie nicht gerade schlafen. Kann so verkehrt also nicht sein. Folgerichtig fahre ich den Rechner runter, stehe auf und möchte gerade mein Arbeitszimmer verlassen, als Freya mit Warp fünf direkt vor mir den Gang entlangdonnert und im gegenüberliegenden Zimmer verschwindet. Erschrocken weiche ich ruckartig zurück und vergesse, dass unser Altbau teilweise mit niedrigen Türen ausgestattet ist. Macht nichts. Ein harter Aufschlag, gefolgt von einem stechenden Schmerz in meinem Kopf erinnert mich daran. Immerhin sehe ich passend zur Vorweihnachtszeit auch ein paar Sterne. Trotzdem will bei mir keine rechte adventliche Stimmung aufkommen, als ich mich daran erinnere, dass die Tür zu meinem Arbeitszimmer sinnigerweise die niedrigste im ganzen Haus ist. Währenddessen stürmt Freya wieder mit Höchstgeschwindigkeit an mir vorbei, wobei sie in etwa so dezent wie die siebte Kavallerie beim Angriff vorgeht. Tschirpend verschwindet sie im Schlafzimmer. Immerhin habe ich diesmal rechtzeitig an die niedrige Tür gedacht und einen erneuten Kontakt der Zarge mit meinem Kopf vermieden. Trotzdem wabert noch ein stechender Schmerz durch meinen Schädel, als ich mich – noch etwas durcheinander und folgerichtig unvorsichtigerweise – im Halbdunkeln in Richtung Treppe bewege.

Kaum habe ich zwei Schritte in Richtung Erdgeschoss gemacht, spüre ich plötzlich nicht mehr die vertraute Härte einer Treppenstufe unter meinem Fuß, sondern etwas weiches, pelziges, das abrupt mit einem empörten Schrei die Flucht ergreift. Während ich bemüht bin, mein Gleichgewicht zu halten, sehe ich aus dem Augenwinkel einen fülligen Schatten die Treppe hinauf fliehen. Gleichzeitig erreicht mich eine dringende Depesche meines Gehirns: »WARNUNG! Nie, nie, nie, wirklich niemals bei mangelnder Beleuchtung die Treppe hinuntergehen. Dörle liegt seit neuestem gerne auf der zweiten Stufe von oben! Herzliche Grüße, Gehirn, Abteilung Unfallverhütung und schmerzhafte Erfahrungen.« Während ich mit immer noch pochendem Kopf und vollgepumpt mit Adrenalin im Halbdunkeln auf der Treppe stehe und darüber nachdenke, wie ich heil zu einem Lichtschalter komme, rauscht Freya wie der ICE München-Hamburg die Treppe herunter an mir vorbei. Ich fühle mich ein wenig wie in einem dieser alten Bergsteigerfilme: Allein im Schneesturm in der Eiger Nordwand hängend, auf Rettung hoffend. Die Kälte kriecht in meine Glieder. Wenn nicht bald Hilfe naht, werde ich wahlweise erfrieren oder – das fällt mir gerade wieder ein – verhungern. Oder ich stürze in die Tiefe, wo meine Bergkameraden mich dann irgendwann zerschmettert finden werden.

Während ich beginne, a) mich mit meinem schrecklichen Schicksal abzufinden und b) mir selbst furchtbar leid zu tun, geht unten das Licht an und ich höre die Stimme meiner Frau: »Alles okay? Was ist denn mit der Katze?« So sehr ich innerlich auch aufatme, aus meiner prekären Lage befreit zu werden, so wenig bin ich bereit zuzugeben, dass ich bereits kurz davor war, ins Licht zu gehen. Entsprechend bemüht bin ich, möglichst gelangweilt zu klingen: »Ja, äh, neee, alles in Ordnung. Die Katze hat nur ihre fünf Minuten.« »Dann ist es ja gut….« *Klick* »NEIN!! NICHT DAS LICHT AUSMACHEN!!!!«

An mir vorbei rauscht eine Katze mit der Geschwindigkeit eines Kampfjets die Treppe wieder hinauf. Ich bin verloren…

VON SEESCHLACHTEN UND STEUERUNTERLAGEN

Ich schlage das Ruder hart Steuerbord ein und bewege mich langsam in Schussposition. Der Gegner hat gerade alle seine Geschütze abgefeuert und ist wehrlos. Meine Torpedos sind feuerbereit, das Ziel wandert langsam ins Fadenkreuz ein… *KRACHRUMPELBATSCH*

Auf dem Computermonitor zuckt mein Zerstörer ruckartig seitlich weg, während meine Torpedos – ausgelöst durch einen reflexartigen Druck auf die Maustaste – ins Nirwana abziehen und dort ein verbündetes Schiff versenken, was mir eine Strafe für zwei Spiele und einen wenig charmanten Kommentar meines Mitspielers im Chat einbringt. Ich sprinte ins Nebenzimmer, wo ich die ordentlich sortierten Akten für die Steuererklärung nicht mehr fein säuberlich aufgestapelt auf dem Schreibtisch, sondern wild verteilt auf dem Boden vorfinde. Mittendrin sitzt ungerührt Aragorn und schaut mich aus großen Augen unschuldig an. Seine heraushängende Zunge signalisiert entweder völlige Entspannung oder etwas anderes. Ehe ich mich mit der Frage noch intensiver auseinandersetzen kann, erscheint Freya auf der Bildfläche. Sie ist nicht nur neugierig wie die sprichwörtliche Katze, sondern auch überaus hilfsbereit, wie ich feststellen kann, als ich versuche, die auf dem Boden verstreuten Papiere wieder aufzusammeln. Sobald ein Blatt sich bewegt und versucht zu fliehen, springt Freya los und versucht es zu fangen, damit es ja nicht entkommt. Dass die Akten keineswegs die Intention haben, zu fliehen, sondern einfach nur von mir aufgehoben werden wollen, spielt dabei keine Rolle. Ähnlich uninteressant ist – zumindest aus Sicht der Katze – dass es den Blättern nicht besonders guttut, wenn auf der einen Seite ein Zweibeiner zieht, während auf der anderen Seite ein Vierbeiner seine Krallen hineinschlägt und versucht, sie festzuhalten. Während ich versuche, die einzelnen Seiten trotz intensiver Unterstützung der Felide halbwegs unbeschädigt wieder aufzusammeln, sitzt der Kater ungerührt wie ein Denkmal da und sieht interessiert zu. Dass er auf einigen Rechnungen thront, tangiert ihn nicht wirklich und ich bin erstaunt, wie schwer die drei Kilo sein können, die Aragorn offiziell wiegt. Vermutlich gibt es eine Art geheimen Katzenmagnetismus, der eingesetzt werden kann, um sich an Gegenständen festzusaugen. Nach etwas Geruckel geben einige der Blätter unter dem Kater mit einem reißenden Geräusch nach und befinden sich zumindest zur Hälfte in meiner Hand. Auf der anderen Hälfte sitzt nach wie vor Aragorn, der sich völlig unbeteiligt im Zimmer umsieht.

Irgendwann bin ich von den Hilfsversuchen Freyas dermaßen entnervt, dass ich sie unter der Brust hochnehme und neben den zunehmend chaotischen Papierhaufen setze. Die Fellnase nimmt diese Aktion dankbar auf und ist offenbar beglückt, dass ich endlich die dröge Einsammelei aufgebe und mit ihr spiele: Mit einem erfreuten »brrp?« hüpft sie mitten in den Aktenstapel und schaut erst mich, dann den Kater auffordernd und schwanzschlagend an. Leider realisiere ich den Ernst der Situation zu spät. Ehe ich mich versehe, schaltet auch Aragorn in den Spielmodus und von einer Sekunde auf die andere wälzt sich ein knurrendes und quietschendes Fellbündel aus zwei raufenden Feliden quer durch den sich zunehmend auflösenden Haufen aus Steuerunterlagen.
Während meine Gedanken sich noch in einer hilflosen Endlosschleife bewegen, um herauszufinden, wie ich die Situation bzw. die Akten noch retten kann, sprin-

gen die beiden flauschigen Raufbolde vor mir auf und jagen davon. Dass sie dabei auf den aufeinanderliegenden Papierseiten keine ausreichende Bodenhaftung zum Start haben, beeindruckt sie wenig. Sie nutzen ihren Vierbeinantrieb, indem sie mit maximaler Schrittfrequenz und optimalem Einsatz der Krallen die letzten Reste meiner Steuerunterlagen hinter sich herausschleudern und dabei effizient schreddern.

Als die Katzen polternd die Treppe heruntertollen, bleibt mein Blick an den traurigen Resten der einstmals so stolzen, sauberen und wohl geordneten Unterlagen hängen, die jetzt zerknittert, zerrissen und völlig durcheinander im halben Zimmer verteilt sind. Während ich beginne, sie aufzusammeln und darüber nachsinne, ob man Katzen nicht vielleicht doch als außergewöhnliche Belastung von der Steuer absetzen kann, verglüht auf dem Monitor im Nebenzimmer mein Zerstörer, tödlich getroffen durch eine Breitseite des ursprünglich anvisierten Gegners, in einem Feuerball.

WELCOME HOME

Das Wochenende neigt sich dem Ende zu. Ich bin einmal längs durch die Republik gefahren, um meine Schwiegereltern zu besuchen. Ruhig gelegen auf dem Land und eine Schwiegermutter mit dem schön-dass-Du-da-bist-setz-Dich-und-iss-was-denn-Liebe-geht-durch-den-Magen-Blick. Kein Wunder, dass ich etwas… hm… plüschig bin. Ein weiterer Vorteil: Meine Schwiegereltern haben keine Katzen. Also: Durchschlafen, ein Bett und eine Decke ganz (!) für mich allein und gefahrloses Benutzen von Treppen im Halbdunkeln. Etwaige Entzugserscheinungen vom schnurrenden Flausch lassen sich leicht mit einem Teddybären, unter dem ein eingeschalteter Rasierapparat liegt, in den Griff bekommen.

Doch alles Schöne hat ein Ende und irgendwo hat man ja dann doch nach einer Zeit Sehnsucht nach den vierpfötigen Pelzterroristen. Sich der Illusion hingebend, dass die Freude des Wiedersehens beidseitig sein wird, begebe ich mich auf die Autobahn und fahre nach Hause. Dort angekommen entlade ich das Fahrzeug so weit wie möglich. Das Wetter ist ungemütlich und ich möchte nicht häufiger als unbedingt nötig gehen. Außerdem muss ich die Katzen beschmusen. Schwer beladen öffne ich die Haustür, darauf bedacht, dass nicht einer der vierbeinigen Bewohner im Rausch des Glücks, mich wiederzusehen, auf die falsche Seite der Tür gerät.

Als erstes stolpere ich über Freya, die sich neugierig strategisch günstig so hinter der Tür positioniert hat, dass man sie erst im Fallen sieht. Gerade noch so halte ich das Gleichgewicht, während die Tüte mit der Porzellanvase, die mir meine Schwiegermutter für meine Frau mitgegeben hat, ruckartig vom Arm rutscht. Blitzartig reagiere ich, denn mir ist bewusst, dass meine Frau im Fall einer beschädigten Vase im nächsten Atemzug mich beschädigen wird. Alles ist besser als das. Während Freya sich – halb aus Neugierde, halb aus taktischer Überlegung – neu in Position bringt, verhindere ich durch eine gewagte Körperdrehung erfolgreich den Absturz der Vase. Allerdings bringt mich diese Bewegung aus dem Gleichgewicht, so dass ich versuche, mich mit einem Ausfallschritt zu retten, was mir zur Hälfte auch gelingt. Ich bleibe mit dem Fuß in der Katze hängen, die empört maunzend einen Satz zur Seite macht, um nicht von der Tasche mit meinem Laptop getroffen wird, die krachend auf dem Boden aufschlägt. Hoffend, dass die Polsterung der Laptoptasche schlimmeres verhütet haben mag, gewinne ich wieder einen sicheren Stand. Freya hat offenbar das Interesse verloren und trollt sich gelangweilt in Richtung Wohnzimmer. Dörle hat sich in der Zwischenzeit in der Küchentür positioniert und mustert mich mit ihrem »Futter?«-Blick. Als sie realisiert, dass von mir in kalorischer Hinsicht nichts zu erwarten ist, dreht sie sich ohne einen Laut um und verschwindet in der Küche. Die Wellen der tiefsten Empörung, die sie dabei aussendet, treffen mich mit der Wucht eines Dampfhammers. In mir spüre ich den ersten Anflug eines schlechten Gewissens.

Aber es gibt ja noch Aragorn. Der wird sich sicher freuen, dass ich wieder da bin. Das ist so ein geheimes Männerding, eine Bromance, etwas, das Frauen wie Freya und Dörle nie verstehen werden. Echte Kumpels eben, die sich freuen, nach langer Zeit auf einem rauchenden Schlachtfeld wieder aufeinander zu treffen, sich kernig zu umarmen und zu wissen, dass sie zusammengehören – komme da was wolle. Und tatsächlich: Wie auf's Stichwort erscheint der Kater auf der Treppe und wuselt mir mit schwankendem Flauschschwanz entgegen. Gerade hole ich Luft, um ihn so lautstark zu begrüßen, dass die undankbaren Katzen es auch sicher mitbekommen, als der Kater vor mir stehen bleibt, einmal kläglich miaut und mir dann einen prachtvollen Haarballen vor die Füße kotzt. Nach vollbrachtem Werk schenkt er mir noch einen Blick der so etwas wie »räum das mal weg, Sklave« bedeutet und begibt sich dann in die Küche, um nach etwas fressbarem zu suchen, das die Lücke füllen kann, die der Haarballen in seinem Magen hinterlassen hat.

Während ich mein Gepäck abstelle und mit halb abrasiertem Bart, in dem noch ein paar Teddyflusen hängen, die Residuen des Haarballens vom Teppich kratze, denke ich mir: »Ja – schön wieder zu Hause zu sein...«

POST AN DEN VERSICHERUNGSAGENTEN

Es war einer jener Tage, an denen man sich fragt, warum man eigentlich aufgestanden ist und weshalb die ganzen Irren da draußen keinen anderen Dompteur haben. Um meine ohnehin schon am absoluten Nullpunkt befindliche Laune noch zu steigern, setzt pünktlich zum Feierabend starkes Schneegestöber ein. Als ich endlich auf den heimatlichen Hof rutsche, stehe ich kurz vor einem Herzinfarkt.

Immerhin begrüßt mich wenigstens meine Frau mit einem traditionellen Essen aus ihrer Heimat. Und sogar die Katzen freuen sich, dass ich endlich daheim bin. Home sweet home. Mein Blutdruck normalisiert sich wieder halbwegs. Nach dem Essen gehe ich in mein Arbeitszimmer, um noch ein paar Dinge am Computer zu erledigen. Kaum habe ich begonnen, eine wichtige Mail zu schreiben, spüre ich – gepaart mit einem zärtlichen »brrrwau?« – ein sanftes Zerren an meiner Hose. Freya hat beschlossen, dass sie Zuneigung benötigt. Jetzt! Ich streiche ihr sanft über den Kopf und schmeichle ihr mit butterweicher Stimme, dass sie eine feine Katze ist, ich aber im Moment leider keine Zeit für sie habe und später gerne ausgiebig mit ihr schmuse. Dass es auf Außenstehende vermutlich ziemlich grenzdebil wirken muss, wie ich einer Katze freundlich und dezidiert meine Abendplanung erläutere, kommt mir nicht wirklich in den Sinn. Macht auch nichts, weil die Katze mich sowieso versteht. Prompt stößt sie sich mit ihren Vorderpfoten von mir ab, dreht sich in einem eleganten Bogen um und tappst von dannen.

Ich beginne den unterbrochenen Satz wieder aufzunehmen, als ich wieder Katzenpfoten auf meinem Oberschenkel spüre. Diesmal auf der anderen Seite. Wie praktisch, dass ich zwei Beine habe. Auch eine akustische Meldung seitens der Plüschnase ist wieder zu hören. Diesmal glaube ich allerdings einen leicht drohenden Unterton im »brrrwau!!« zu vernehmen. Unglücklicherweise reagiere ich nicht schnell genug darauf, sodass Freya von einer Fehlfunktion ihrer Bedieneinheit ausgeht. Ihr Reparaturversuch besteht darin, dass sie mir ihre nadelspitzen Krallen durch die Hose tief in den Oberschenkel rammt und beginnt, sich laaaaaaangsam an mir hochzuziehen. Durch den Tränenschleier vor meinen Augen glaube ich noch, einen In-der-Ruhe-liegt-die-Kraft-und-Du-wirst-es-irgendwann-auch-noch-lernen-Blick bei ihr zu erkennen.

Endlich gelingt es mir, eine Hand unter ihren Oberkörper zu schieben und die Katze auf meinen Schoß zu hieven. Während ich den Schmerz wegatme (und froh bin, seinerzeit bei der Schwangerschaftsvorbereitung dabei gewesen zu sein), macht Freya es sich auf meinem Schoß gemütlich, was bedeutet, dass sie erstmal alles im Umkreis von drei Quadratkilometern betretelt, einschließlich der Tastatur. Das führt dazu, dass mein Versicherungsagent eine Mail mit dem Inhalt: »Sehr geehrter Herr söigohföoWJA BRTGPs<dfjön« erhält. Während ich mich bemühe, die Katze dazu zu bewegen, sich endlich ruhig auf meinen Schoß zu setzen, starte ich einen nächsten Anlauf, doch noch eine halbwegs vernünftige Mail mit einer entsprechenden Erklärung auf den Weg zu bringen. Offenbar ist Freya der Meinung, dass es etwas bescheuert klingt, wenn ein erwachsener Mann schreibt: »Entschuldigung, meine Katze hat sich auf die Tastatur gesetzt«. Entsprechend unterbindet sie diesen Versuch auch gleich, indem sie sich auf das Keyboard fläzt und eine weitere Mail mit dem Inhalt »Sehrpsngmolänäsaä<dovn-geäaöijfwojuf« versendet. Als ich die pelzige Schreibkraft etwas erbost auf den Fußboden setze, quittiert sie das mit einem beleidigten »MAU!«, nur um unmittelbar erneut den Versuch zu unternehmen, sich wieder auf meinen Schoß zu ziehen. Der Not gehorchend nehme ich sie wieder hoch, nicht ohne sie mit einem schraubstockartigen Griff auf meiner Schulter festzunageln. Zwar ist es etwas mühsam, einhändig zu schreiben, aber solange ich diese verdammte Mail fertigbekomme, soll es mir recht sein. Freya nimmt meine Bemühungen außerordentlich gelassen zur Kenntnis und entdeckt, dass sie einen Schwanz besitzt, der sich ganz hervorragend durch die Gegend peitschen lässt. Dass das pelzige Anhängsel unmittelbar vor und in meinem Gesicht landet, macht es nur noch interessanter.

Erneut setze ich das Mistb-... – äh... dieses wunderbare felide Wesen auf dem Boden ab. Kaum habe ich meine Gedanken wieder gesammelt, vernehme ich unter meinem Schreibtisch Nagegeräusche. Nachdem mir von Rattenbefall in der Wohnung nichts bekannt ist, sehe ich nach und entdecke, dass Freya – ihrer stark oral geprägten Persönlichkeit entsprechend – gerade dabei ist, ein aus einem Papierstapel herausragendes Kunststofflineal zu verzehren. Ich versuche sie zu verscheuchen, was mir beim dritten Versuch auch gelingt. Kaum blicke ich wieder auf den Monitor, nehme ich erneut ein heftiges Knabbern wahr. Diesmal versucht sich die Katze an meinem Schreibtischstuhl. Ich mache ihr klar, dass die Aufnahme von Eisen im Fall einer Anämie anders funktioniert und dass ich gerne mit ihr zum Tierarzt gehe, der ihr eine gigantisch große Spritze verpassen wird. Das beeindruckt sie zwar immer noch nicht sonderlich, reicht allerdings, um ihr so viel Angst zu machen, dass sie vom Stuhl ablässt. Ich wende mich wieder der Mail zu... Welcher Mail eigentlich? Wem wollte ich... Ach so, Versicherung... Also: »Sehr geehrter Herr...« ich spüre Krallen in meinem Oberschenkel... «Brwuaaaauuuu?!?!?!?!«...

Morgen rufe ich meinen Versicherungsagenten einfach an.

DER FILM

Hoch die Hände, Wochenende! Und dann kommt heute Abend noch ein hochgelobter und offenbar spannender Film im Fernsehen. Es spricht also nichts gegen einen kalorienreichen, völlig entspannten Abend auf dem Sofa. Schusselig, wie ich manchmal bin, vertrödele ich mich ein wenig vor dem Computer und stelle fest, dass in wenigen Minuten der Film beginnt. Also schnell den Rechner runtergefahren, in die Küche, einen Liter Milch, Glas, Schokolade und sicherheitshalber noch etwas Knabberzeug gepackt (es ist eines jener Werke mit Überlänge) und ab ins Wohnzimmer. Dass Aragorn, der das Gruschteln in der Küche gehört hat und etwas fressbares wittert, mir wieder mal zwischen den Füßen rumläuft, ignoriere ich genauso, wie seinen empörten Blick, als ich die Küche verlasse, ohne tonnenweise Lebensmittel in seinem noch halbvollen Napf hinterlassen zu haben. Er wuselt mir mit diesem Ich-verhungere-gleich-Blick hinterher, mit dem er es immer versucht (und viel zu oft Erfolg hat), diesmal allerdings ohne Resultat. Angesichts der ausreichenden Futtermenge in seiner Schüssel, die er einfach nur in sich hineinspachteln müsste, hält sich mein schlechtes Gewissen in absoluten Grenzen.

Außerdem habe ich gerade andere Probleme: Dörle liegt – gefühlt etwa zweieinhalb Meter lang ausgedehnt – auf meinem Sofa und schenkt mir einen gelangweilten Tja-zu-spät-mein-Freund-Blick. Außerdem hat es sich Freya auf dem Boden vor dem Sofa gemütlich gemacht, so dass es sich ein wenig schwierig gestaltet, die Unmengen an Lebensmitteln heil auf dem ohnehin schon ziemlich überfüllten Wohnzimmertisch abzustellen. Ich versuche, auf dem einen Fuß balancierend, Freya mit dem anderen zu animieren, mir etwas Platz zu machen. Sie sieht das als Annäherungsversuch und fängt freudig schnurrend an, mit meinem Fuß zu schmusen und ihr Köpfchen an mir zu reiben – allerdings ohne ihren Platz zu räumen. Ich werde etwas hektisch (der Vorspann läuft schon) und schubse das Pelzknäuel mit etwas mehr Nachdruck, was Freya dazu veranlasst, unter lautstarkem Protest doch noch zu verschwinden. Schnell stelle ich meinen Kram ab, schenke mir ein Glas Milch ein und möchte mich gerade auf das Sofa schmeißen, als mir siedend heiß einfällt, dass dort ja noch ein weiteres pelziges Problem auf mich wartet. Nachdem der Vorspann sich dem Ende zuneigt, mache ich kein langes Federlesen und packe Dörle unter Schulter und Bauch, um sie von meinem Platz zu entfernen. Die Felide – wild entschlossen, ihr Stellung nicht kampflos zu räumen – gibt ein verärgertes Quieken von sich und rammt ihre Krallen in Decke und Polsterung, was dazu führt, dass ich mit ihr das halbe Sofa hochhebe. Während ich Kralle für Kralle aushake, laufen die ersten Dialoge. Ich höre mit einem halben Ohr zu, während Dörle jede Chance nutzt, sich mit den gerade befreiten Krallen wieder irgendwo einzuhängen und wild herumzuzappeln.

Endlich gibt sie auf, springt von meiner Hand herunter und verschwindet beleidigt in der Küche, wobei sie eine Du-magst-eine-Schlacht-gewonnen-haben-aber-der-Krieg-ist-noch-nicht-vorbei-Aura hinter sich herzieht. Ich ignoriere das, mache es mir gemütlich, tanke ein erstes Glas Milch, schenke nach und konzentriere mich auf den Film. In meinem Hinterkopf versucht eine Stimme mir zu vermitteln, dass ich irgendetwas wesentliches vergessen habe. Leider leidet die Stimme an Amnesie und kann mir nicht sagen, was es ist, so dass ich den Gedanken beiseiteschiebe und mich ganz der Handlung auf der Mattscheibe widme.

Eine halbe Stunde und mehrere Gläser Milch später stellt sich heraus, dass das ein fataler Fehler war. Während der Film sich auf einen ersten Höhepunkt zubewegt, der grundlegend für die gesamte weitere Handlung ist, erinnert sich die Stimme in meinem Kopf plötzlich wieder an das, was sie mir sagen wollte: »Geh vor dem Film nochmal auf's Klo – deine Blase drückt schon etwas. Du wirst es maximal noch eine gute halbe Stunde aushalten.« Ich stelle fest, dass ich es hasse, wenn die Stimmen in meinem Kopf Recht behalten. Tatsächlich meldet sich meine Blase plötzlich mit maximalem Füllstand und signalisiert mir, dass ich doch bitte dringend etwas dagegen tun solle, da ansonsten ein Notablass erforderlich sei. Trotz allem beschließe ich, noch ein oder zwei Minuten zu warten. Es zeichnet sich eine dramatische Wende in dem Film ab, die ich nicht verpassen darf, wenn ich in der Lage sein möchte, dem Rest des Epos halbwegs folgen zu können. Meine Blase reagiert ziemlich verschnupft auf meine Anweisung, die Schleusen noch geschlossen zu halten. Sie verweist auf ihre Berechnungen und darauf, dass sie mich gewarnt hätte, weswegen sie jegliche Verantwortung für etwaige Sachschäden ablehne. Während ich mir noch »jaja« denke, kommt Dörle aus der Küche und setzt sich vor mein Sofa. Die Handlung des Films spitzt sich weiter zu und langsam bricht mir der Schweiß aus, weil es wirklich dringend Zeit wird, dass ich mal eben kurz verschwinde. Dörle sieht mich mit einem Jetzt-werden-wir-ja-sehen-Blick an und springt dann mit ihren gut sechs Kilo auf meinen Schoß, wobei sie mit ihren Vorderpfoten genau oberhalb meines Schambeins landet, nur um ihre Hinterpfoten mit Schwung nachzuziehen und ebenfalls dort abzusetzen.

In meiner Blase wird roter Alarm ausgelöst, weil die Schleusentore zu brechen drohen und ein plötzlicher Schweißausbruch durchfeuchtet mein T-Shirt (immerhin nur der Schweißausbruch). Die Katze beginnt, auf meinem Schoß zu tretteln. Nicht etwa im Bauchbereich, wo sie es sonst immer tut, sondern dezidiert und hochkonzentriert genau in der Gegend, in der ich es gerade am wenigsten brauchen kann. Mir wird schlagartig klar, dass ich keine andere Chance mehr habe, als fluchtartig meinen Platz zu verlassen. Dem Film kann ich ohnehin nicht mehr folgen und ehe es noch zu einem Unglück kommt... Aus meiner Blase erreicht mich ein Funkspruch: »Mayday, Mayday, Schleusen brechen. Wir bemannen die Rettungsboote. Viel Glück noch. Du wolltest ja nicht auf uns hören. Ende!« Währenddessen hört die Katze zwar endlich mit dem Tretteln auf, lässt sich aber mit der Wucht eines Dampfhammers in meinen Schoß plumpsen und schafft es, ihre Hinterpfoten tief in meine Eingeweide zu drücken. Dabei grinst sie mich höhnisch an und wirft mir einen Du-hast-es-so-gewollt-Blick zu. Nachdem ich relativ flach auf dem Sofa liege, gelingt es mir nicht ohne weiteres aufzustehen, zumal Dörle geschickt jede meiner Bewegungen so ausbalanciert, dass der kontinuierliche Druck auf meine Innereien erhalten bleibt.

Endlich schaffe ich es, mich unter ihr wegzudrehen und einigermaßen unsanft zwischen Sofa und Wohnzimmertisch auf dem Boden eine Bruchlandung hinzulegen. Egal. Ich krabble irgendwie aus dem schmalen Gang heraus und flitze mit maximum Warp ins Bad, wo ich gerade noch rechtzeitig ankomme. Als ich in jeglicher Hinsicht erleichtert ins Wohnzimmer zurückkomme, thront Dörle mit triumphierendem Blick langgestreckt auf dem Sofa. Die überraschende Wendung des Films habe ich natürlich nicht mitbekommen, sodass ich der Handlung absolut nicht mehr folgen kann. Freya hat mittlerweile bei dem Versuch, herauszubekommen, was denn in der Schüssel auf dem Tisch ist, die Chips heruntergeschmissen und rund um das Sofa verteilt. Immerhin hatte ich die Milch schon ausgetrunken. Während ich auf das Sofa zugehe, um die Sauerei aufzuräumen, stolpere ich über etwas weiches. Während ich, um das Gleichgewicht zu halten, mit meinem Fuß genau in die Chipslache auf dem Teppich trete und die Krümel tief ins Gewebe drücke, sitzt Aragorn, über den ich gerade gestolpert bin, seelenruhig hinter mir und wirft mir einen »Futter?«-Blick zu.

Vielleicht gibt es den Film ja auch irgendwann auf einem Streamingkanal...

LEBE WOHL, ARAGORN

Aragorn war schon immer eine elende Kaspernase. Gepaart mit seinem unvergleichlichen Charme führte das dazu, dass er einem den letzten Nerv ziehen und gleichzeitig derart um die Pfote wickeln konnte, dass es nie möglich war, ihm dauerhaft böse zu sein. Dazu kam noch, dass er stur, wie ein Panzer war, wenn er sich etwas in den flauschigen Kopf gesetzt hatte. Wenn er dann seinen Willen nicht bekam, äußerte er seinen Unmut entweder mit einem empörten »MAU!!!« (mit mindestens drei Ausrufezeichen), oder er suchte nach einer Alternativlösung, was dazu führte, dass unsere Haustür ziemlich unter seinen freiheitsdranggesteuerten Krallen zu leiden hatte. Die daraus resultierenden Erziehungsversuche mit Kaltwasseranwendung ertrug er nicht nur mit stoischer Gelassenheit, sondern schaffte es, daraus ein Spiel zu machen: Sobald man mit der Sprühflasche aus der Tür gestürmt kam, sah man wahlweise nur noch seine Schwanzspitze, oder er ließ sich geduldig duschen, bevor er in aller Gemütsruhe die Treppe hinaufwuselte, nicht ohne eines seiner »MAU!!!«s (mit mindestens drei Ausrufezeichen) auszustoßen, um einem ein schlechtes Gewissen zu machen – was ihm meistens auch gelang. Wäre uns seine Affinität zu Wasser nicht bekannt gewesen, hätte er uns manchmal zu Tränen rühren können, wenn er nach einer (im Endeffekt völlig sinnlosen) Strafaktion mit triefendem Flauschfell angedackelt kam, um sich dann doch wieder auf den Arm nehmen und abtrocknen zu lassen. Denn eines war sein Markenzeichen: Die absolute Liebe und Hingabe zu seinen Dosenöffnern. Sein Lieblingsplatz (und die einzige Möglichkeit, ihn zu tragen, ohne größeren Schaden durch seine ziemlich kräftigen Krallen zu nehmen) war die Schulter seiner Bedieneinheit. Und nachdem er stur wie ein Panzer war, wenn er sich einmal etwas in seinen Flauschkopf gesetzt hatte, tat man gut daran, ihn schnellstmöglich hochzuheben, wenn er am Hosenbein hochgekrabbelt kam. Unsere Gäste, die Aragorn noch nicht kannten, bekamen grundsätzlich eine entsprechende Instruktion, um Verletzungen zu vermeiden.

Dass er eine so enge Bindung zu seinen Menschen aufbaute, war angesichts seiner Vorgeschichte als völlig heruntergekommener Straßenkater erstaunlich. Bei der ersten Begegnung war er ein verängstigtes, verfilztes, fast verhungertes Pelzbündel mit ein wenig Katze darin. Das hinderte ihn allerdings nicht, sich nach ein paar Tagen Eingewöhnung erstmal Dörle zur Brust zu nehmen, die ihn durch die Tür beständig angepöbelt hatte, als er die erste Zeit getrennt von den anderen Katzen verbrachte. Kaum hatte sich die Tür geöffnet, schoss ein grauer Flauschblitz hervor, jagte die panisch schreiende, gut doppelt so schwere Felide die Treppen herunter und stellte sie an der Haustür. Es warf ein bezeichnendes Licht auf seinen Charakter, dass er sie zwar in die Ecke gedrängt hatte, ihr aber kein Haar krümmte, sondern völlig friedlich blieb. Das Verhältnis zu Dörle blieb über die Jahre immer ein wenig angespannt, was definitiv nicht am Kater lag. Aber zumindest respektierte man sich irgendwann. Freya wurde im Gegensatz dazu seine beste Freundin. Die Raufeinlagen, die beide sich mit schöner Regelmäßigkeit lieferten, gehörten recht schnell irgendwie dazu. Diese Freundschaft – man muss schon sagen: innige Liebe – hielt auch noch, als das Alter und seine Vergangenheit als Streuner ihren Tribut forderten und der Kater zunehmend verfiel. War er ohnehin nie besonders kräftig gebaut gewesen, begann er nun förmlich zu verschwinden. Sein gesegneter Appetit änderte daran nichts. So lag er im Wesentlichen nur noch in einem stillen Winkel schlafend herum, Freya in unverbrüchlicher Treue an seiner Seite. Selbst Dörle söhnte sich auf seine alten Tage mit ihm aus. Zumindest halbwegs. In den zunehmend weniger werdenden Phasen der Aktivität blitzte zwischendrin noch einmal der warmherzige Kater mit dem Schalk im Nacken auf. Aber man merkte zunehmend, dass der alte Veteran müde geworden war.

Heute haben wir ihn gehen lassen.

Ich denke, es wird sich erst mit der Zeit zeigen, welche Lücke Du hinterlassen hast. Aber auch wenn es wehtut, Dich zu verlieren, waren die wenigen Jahre, die wir miteinander verbringen durften, es wert. Lebe wohl, Aragorn, Sohn des Arathorn, König von Gondor, auch »Streicher« genannt. We´ll meet again, don´t know where, don´t know when…

WEIHNACHTEN

Es weihnachtet. Das bedeutet, das Wohnzimmer wird zu einem Sicherheitsbereich. Zwar lagern hier nicht Gold oder Edelsteine, auch keine Staatsgeheimnisse, aber es steht ein geschmückter Weihnachtsbaum in der Ecke neben dem Lieblingskratzbaum von Freya (der bis unter die Decke reicht und damit nicht nur einen hervorragenden Blick über das Wohnzimmer bietet, sondern auch eine hervorragende Absprungbasis in… ich will gar nicht drüber nachdenken…). Zwar können wir weder einen Trupp kampfeswütiger Marines, noch einen uniformierten bewaffneten Wachmann bieten, aber immerhin befindet sich jederzeit ein argwöhnisch dreinschauender Zweibeiner im Zimmer. Sollte das nicht möglich sein, wird der Raum – nachdem sichergestellt worden ist, dass kein Katzenvolk zurückgeblieben ist – hermetisch verschlossen. Eine leichte Zwangsneurose ist dabei angebracht. Denn a) besitzen die Katzen neben einem erheblichen Maß an krimineller Energie auch die Fähigkeit, sich ninjaartig unsichtbar zu machen und b) sind sie erwiesenermaßen erfahrene Einbrecher, was sie mit schöner Regelmäßigkeit an der Tür zur Speisekammer unter Beweis stellen. Vorsicht ist also angebracht, zumal die Feliden unverhohlen ihre Begeisterung zum Ausdruck bringen, dass der Wald zu uns kommt. Ich könnte schwören, dass eine der beiden im Vorbeigehen Mac Beth zitiert....

Wie auch immer: Der Baum übt auf die beiden Katzen eine geradezu magische Anziehungskraft aus. Nicht nur, dass er nach Wald duftet. Nein, irgendeine gute Seele hat ihn auch mit ganz viel Katzenspielzeug geschmückt: Lichter, Kugeln, Glitzerketten... Die Enttäuschung ist groß, als wir die Vierbeiner daran erinnern, dass das ein Trugschluss und der Baum off limits ist. Allerdings wären Katzen keine Katzen, wenn sie nicht immer wieder versuchen würden, die Regeln zu ihren Gunsten auszulegen. Es handelt sich dabei ja nur um eine Art Richtlinie... Parlez?... Piraaaaat...

Entsprechend misstrauisch beäugen wir jede Bewegung im Wohnzimmer. Es stellt sich heraus, dass unsere Katzen im Laufe der Jahre echte Profis darin geworden sind, jede Lücke im Überwachungssystem auszunutzen. Geduldig beobachten sie unauffällig das Ziel, machen sich Notizen über Wachwechsel, Patrouillenwege und Möglichkeiten, den Baum doch zu infiltrieren und zu erobern. Einen Anfängerfehler, wie ihn weiland unsere erste Katze beging, indem sie den Baum frontal angriff und mit ihm kippte, werden sie nicht machen. Zumal die ganze Geschichte etwas demütigend endete: Die Katze verfing sich mit der Hinterpfote in dem Kabel der Baumbeleuchtung. Das führte dazu, dass ihre Flucht verlangsamt wurde, da der Baum sie festhielt und verfolgte. In den Folgejahren hatte sie ein leicht gestörtes Verhältnis zu Weihnachtsbäumen. Eingedenk dieser Erfahrungen gehen unsere beiden Feliden also strukturierter vor. Und tatsächlich gelingt es Freya, unsere Aufmerksamkeit herabzusetzen, indem sie immer wieder auf ihren Kratzbaum klettert. Im ersten Moment sind wir dabei noch alarmiert. Aber nachdem sie brav Abstand hält und den Weihnachtsbaum behandelt, als ob er nicht vorhanden wäre, lullt sie uns ein. So bemerken wir nicht, wie Dörle sich einem Kommandosoldaten gleich unter den Baum schleicht und geschickt mit einem Ast tarnt. Erst als die Dekoration am Weihnachtsbaum beginnt, sich wie von Geisterhand zu bewegen, bemerken wir die Fellnase, die neugierig-verträumt an einer Glitzerkette zupft. Ein zweistimmiger Ruf zur Ordnung schreckt sie auf und sie bewegt sich blitzschnell und knapp über Bodenniveau zur gegenüberliegenden Wand, von wo sie uns mit einem Is-was-und-wenn-ja-was-is?-Blick ansieht, bevor sie beginnt, sich entspannt zu putzen.

Die Fokussierung der Aufmerksamkeit auf ihre Freundin nutzt Freya schamlos aus: Das Ganze war ein perfide geplantes Ablenkungsmanöver. Während alle Welt Dörle beobachtet, bringt Freya sich auf ihrem Kratzbaum in Sprungposition: »Rot an... aufstehen... einhaken... klar zum Sprung...«. Unmittelbar vor dem Kommando zum Absprung durchschauen wir die List und erwischen sie, wie sie geduckt und mit voller Konzentration die Krone des Weihnachtsbaums fixiert. Als sie merkt, dass wir sie ertappt haben, dreht sie sich herum, springt die Plattformen ihres Kratzbaums herunter, landet elegant auf dem Boden und stolziert von dannen. Dabei hinterlässt sie die Aura einer zutiefst gekränkten Kreatur: »Wie könnt ihr nur glauben, dass ICH in den Weihnachtsbaum springen wollte?!?! Dass ihr mir so etwas zutraut!!! Beschämend!!!«

Freya und Dörle wechseln kurz einen verschwörerischen Blick. Dann verschwinden sie in der Küche zu einem Arbeitsessen, um einen neuen Schlachtplan auszuhecken. Ein paar Tage haben sie ja noch...

MAN MUSS SICH ARRANGIEREN

Weihnachten ist vorbei. Draußen liegt Schnee und unbarmherzig greift der Alltag wieder nach mir. Heute auf dem Programm: Einkaufen und ein paar Kleinigkeiten erledigen. Ich öffne vorsichtig die Haustür, da ich weiß, dass Freya gerade ihre Kasperphase hat. Eigentlich hat sie die 365 Tage im Jahr jeweils 24 Stunden am Tag, aber im Moment ist sie so drauf, dass sie durch die Haustüre schlüpft, sobald man diese nicht vorsichtig genug öffnet. Im Garten spielt sie dann hasch-mich, bevor es ihr zu kalt wird und sie sich von ihrem fluchenden, durchnässten Zweibeiner wieder hineintragen lässt. Dort wartet sie dann, auf Teppichen und Laminat Pfützen hinterlassend, bis der auf Fell und Pfoten angesammelte Schnee abgetaut ist. Danach begibt sie sich in die Küche, um auf dem Fliesenboden stehend gemütlich etwas Futter reinzuspachteln. Entsprechend vorsichtig öffne ich die Haustür. Und tatsächlich: Kaum spähe ich durch den Spalt, erkenne ich Freya, die schon voller freudiger Erwartung darauf lauert, in den Garten zu entkommen. Ich sehe ihr tief in die Augen und erkläre ihr Gandalfartig mit fester Stimme: »Duuu kommst hier nicht vooorbeiii!!!«. Dabei halte ich die Einkaufstüte mit ausgestreckten Armen vor mir, der Katze entgegen. Was gegen bösartige Balrogs hilft, kann bei verspielten Katzen nicht falsch sein.

Freya schaut mich mit einem Blick an, den Nervenärzte gemeinhin unheilbaren Patienten mit einem netten Spleen zuwerfen. Und tatsächlich weicht sie 0,003 Millimeter zurück. Dann bleibt sie stehen und schaut mich weiter an. Ich stehe nach wie vor mit ausgestreckter Einkaufstasche und Gandalf-Blick da und starre zurück. Nein, ich werde nicht nachgeben! Nach zwei Minuten realisiere ich, dass drei Liter Milch verdammt schwer werden können. Aber aufgeben ist nicht. Also konzentriere ich mich und bemerke nicht, dass mein Nachbar die Straße entlangkommt. Erst als ein »Servus« mit leicht erstauntem Unterton mein Ohr erreicht, realisiere ich, dass er vor mir steht und mich mustert, wie ein Insektenforscher einen besonders interessanten Käfer. Ich zucke zusammen, werfe fast die Einkaufstüte auf den Boden und stammle irgendwas von »Katze«, wobei ich in den Türspalt deute. Als mein Nachbar hineinschaut, ist Freya schon längst mit einem höhnischen Gurren irgendwo im Haus verschwunden. Mein Nachbar sieht mich noch einmal mit einem Blick an, der deutlich macht, dass er an meinem Geisteszustand zweifelt und entschwindet mit einem »…aha.«

Ich trolle mich in die Wohnung und verräume meine Einkäufe, bevor ich mich an die noch ausstehenden Kleinigkeiten mache. Dörle liegt zusammengerollt auf ihrem aktuellen Lieblingsplatz: Einer Stufe am oberen Ende der Treppe. Nachdem ich ihr an dieser Stelle bereits mehrfach aus Versehen auf den Schwanz getreten und fast die Treppe hinuntergefallen wäre, haben wir uns auf ein Arrangement geeinigt: Sie nutzt lediglich vier Fünftel der Stufe und ich trete nicht mehr auf sie drauf. Das ist für beide Parteien weniger schmerzhaft. Vorsichtig balanciere ich also an der Katze vorbei. Sie schläft tief und fest zusammengerollt auf ihrer Seite der Stufe und bewegt allenfalls kurz ein Ohr oder zieht sicherheitshalber den Schwanz etwas näher an ihren Körper, wenn ich an ihr vorbei die Treppe hoch- oder hinuntersteige. Im Erdgeschoss rennt mir Freya wieder über den Weg – genauer gesagt: Zwischen den Füßen herum. Nach ein paar Minuten verliert sie das Interesse daran, mich ständig fast zum Stolpern zu bringen und tobt an Dörle vorbei die Treppe herauf. Kurz danach finde ich sie an einem ihrer winterlichen Lieblingsorte vor: Schlafend im Wäschekorb auf meinen sauberen T-Shirts.

Auch das ist das Ergebnis eines Arrangements: Alles begann damit, dass ich einen Korb mit frisch gewaschener Wäsche nicht sofort in den Schrank räumen konnte. Um Katzenhaare und Knitterfalten zu vermeiden, stellte ich den Korb nicht auf Bett oder Boden ab, sondern auf dem Sideboard, damit die Katzen nicht reingehen. Eine Minute später lag Freya schlafend auf der Wäsche. Meine Versuche, sie von dort zu vertreiben, verliefen in etwa so frustran, wie die Bemühungen, die Titanic vor dem Untergang zu bewahren. Auch das sofortige Wegräumen der Wäsche war nicht die erhoffte Lösung, da die Katze mir mit hochgradig traurigem Blick und Jammerlauten zu verstehen gab, dass ich ihr gerade das einzige Bett im Umkreis von acht Lichtjahren gestohlen hätte und sie nun in der erbarmungslosen Kälte erfrieren müsse. Als überlegene und klügere Lebensform gab ich also nach und legte zumindest eine Kuscheldecke auf die frische Wäsche, damit Freya es dort auch gemütlich hat. Seitdem kämpfe ich jeden Morgen darum, ein T-Shirt unter der Katze aus dem Wäschekorb zu bekommen und es – zerknittert und haarig, wie es dann ist – zum Start in den Tag anziehen zu können.

Aber hey: Wenn die Katzen mich schon freundlicherweise in ihrer Wohnung leben lassen, sollte ich mich zumindest ein wenig zurückhalten und mich mit ihnen arrangieren…

DER NEUE WINGLEADER 1

Aragorn ist seinen letzten Weg gegangen. Lange Jahre auf der Straße und das Alter haben ihren Tribut gefordert. Daran konnten auch die letzten Jahre in unserer Katzenbande nichts ändern. So ist eine Lücke geblieben, die insbesondere von seiner besten Freundin – Freya – beklagt wird. Selbst Dörle, die Zeit seines Lebens ein etwas gespaltenes Verhältnis zu ihm hatte, wirkt etwas neben sich. Es ist klar: Dem Katzenkampfgeschwader fehlt ein Wingleader. Anders gesagt: Zwei Katzen ohne Kater geht nicht. Im örtlichen Tierheim, das auch Freya und Dörle aus leidvoller Erfahrung kennen, werden wir fündig: Ein etwa vierjähriger Streuner wartet dort auf bessere Zeiten. Es gestaltet sich etwas schwierig, den neuen Kater in seine neue Heimat zu bringen. Zwar wirkt der rote Riese (er ist noch ein Stückchen größer als Dörle, die nicht gerade eine Elfe ist) nach außen hin so, dass man sich lieber nicht mit ihm anlegen möchte, hinter der muskulösen Kulisse verbirgt sich aber eine sanfte Seele, die den Stress so gar nicht ab kann. Der Kater hat eine nervöse Verdauung, was ihm nochmal eine Extraportion Tierarzt beschert.

Endlich ist klar, dass hinter seinen Beschwerden wohl nichts organisches steckt und er kann bei uns einziehen. Nachdem er uns schon im Tierheim kennenlernen konnte, gestaltet es sich zunächst relativ unkompliziert: Rein in die Transportbox, Fahrt nach Hause, kurzer Erstkontakt mit Freya und Dörle aus der Transportbox heraus und dann ins Dachgeschoss, wo er sein eigenes Reich hat, um erstmal runterzukommen. Um gut Wetter zu machen, setzen wir die Katzen mit einigen Verdampfern noch unter Drogen. So schweben Freya und Dörle schon leicht stoned durch die Wohnung, als der Kater ankommt. Während Dörle erstaunlich gelassen zur Kenntnis nimmt, dass ein Neuer zum Geschwader gestoßen ist (vielleicht erinnert sie sich auch an das letzte Mal, als sie massiv rumpöbelte und von Aragorn erstmal Haue bekam, als der Kater freie Bahn hatte), hibbelt Freya herum, wie ein aufgeregtes Kitten. Kaum hat sich der Kater – der aufgrund seiner Farbe auf den Namen »Störtebeker« getauft wurde – in seiner neuen Umgebung umgesehen (raus aus der Transportbox... aha, Katzenklo... oh, was zu Fressen... *schmatz, mampf*... und jetzt erstmal Zweibeiner beschmusen...), steht Freya schon vor der Tür, maunzt sich die Seele aus dem Leib und begehrt Einlass.

Nachdem der Kater sich schon häuslich eingerichtet hat und vergleichsweise entspannt ist, beschließen wir, das Risiko einzugehen und die Tür zu öffnen. Freya wuselt auch gleich fröhlich miauend hindurch und erstarrt, als sie plötzlich vor einem roten Kater steht, der etwa doppelt so wuchtig ist, wie sie selbst. Offenbar bereut sie ihre eigene Courage, zieht sich ein Stück zurück, macht sich klein und gibt ein verzagtes Fauchen vom Typ »tu mir nix, tu ich dir auch nix« von sich. Störtebeker setzt sich hin und schaut seine neue Kameradin interessiert an. Zwar ist er – wie der schlagende Schwanz zeigt – nicht wirklich entspannt. Aber wer ist das schon, wenn er gerade mal ein paar Stunden in neuer Umgebung ist und einer der Hausherrinnen gegenübersteht. Bislang hatte er es ja nur mit dem zweibeinigen Personal zu tun. Und so wie die spuren, müssen es die vierbeinigen Herrscherinnen ziemlich drauf haben. Nach Katzenart taxieren sich die beiden Feliden erstmal: Störtebeker sieht die halbe Portion vor sich nicht als ernsthafte Bedrohung, während Freya lieber erstmal langsam tut. Man weiß ja nie. Und so lebensmüde, dass sie freudestrahlend auf einen solchen Giganten zuspringt, um Freundschaft zu schließen, ist nicht einmal sie. Nach kurzer Zeit folgt Stufe zwei: Man schleicht ein wenig um sich herum. Dabei dringt Freya unvorsichtigerweise etwas zu weit ins Zimmer vor, was den Kater dazu veranlasst mal kurz klarzustellen, wo die Grenze ist, nämlich genau hier: Ein kurzes Knurren entringt sich seiner Brust. Freya bestätigt mit einem leisen Fauchen: »Okayokay… war nicht so gemeint…« Sicherheitshalber trollt sie sich wieder und wir schließen hinter ihr die Tür. Es ist ohnehin schon spät und nach einigen Schmuseeinheiten gehen alle ins Bett.

Am nächsten Morgen führt mich der erste Weg nach der obligatorischen Kuschelrunde mit Freya und Dörle gleich nach oben. Mal sehen, wie Störtebeker die Nacht überstanden hat. Als ich vorsichtig sein Reich betrete, ist von ihm selbst nichts zu sehen. Allerdings ist die Decke in der Schlafkiste zerwühlt, der Wassernapf schwimmt in einer Pfütze, der Futternapf ist ratzekahl leer und aus dem Katzenklo zieht sich eine braune Spur den Flur entlang auf den Teppich, wo sie endet. Offenbar hat Störties Reizdarm wieder zugeschlagen. Zumindest hat er sich Mühe gegeben, den Schaden möglichst klein zu halten. Er ist also ein ordentlicher Schweinigel. Immerhin: Es hätte schlimmer sein können. So sieht es nur aus, wie nach einer gelungenen Junggesellenparty. Also nichts, was ich nicht kennen und wieder in Ordnung bringen könnte. Ich hole Reinigungszubehör und fange an, den Fußboden zu schrubben. Dabei singe ich einen Shanty vor mich hin, was dem Kater offenbar gefällt, denn plötzlich kommt er angestrolcht und beobachtet mich aufmerksam. Mich streift eine leichte Welle schlechten Gewissens. Kein Ding. Ist schon den Besten passiert. Kriegen wir hin. Nachdem der Boden wieder sauber ist, der Teppich in der Waschmaschine vor sich hin schäumt und meine Frau den Kater auch kulinarisch versorgt hat, bekommt auch er die obligatorischen morgendlichen Streicheleinheiten. Und wie auf's Stichwort ertönt vor der Tür das sehnsüchtige Maunzen von Freya. Als ich das Putzzeug wegbringen will, nutzt sie die Chance, an mir vorbeizuwuseln und Störtebeker die Aufwartung zu machen. Jetzt ist es auch egal: Die Tür bleibt offen, komme, was wolle. Entweder endet der Tag für Freya auf der Intensivstation, oder sie freundet sich weiter mit dem Kater an.

Als ich wieder hinaufkomme, sitzen beide Feliden auf dem Boden und schauen sich stumm an. Ich denke an meine Jugendzeiten zurück, als das ein oder andere Date ähnlich verlaufen ist, verwerfe den Gedanken aber gleich wieder. Katzen ticken da ja etwas anders. Es kommt, wie es kommt, Störtebeker wird irgendwann vorsichtig in die Wohnung vordringen und Dörle über den Weg laufen, was sicher spannend wird, aber noch dauern sollte. Ich rufe mir kurz noch den Standort der Erste-Hilfe-Ausrüstung ins Gedächtnis und gehe duschen. Kaum komme ich aus dem Bad, läuft mir der Kater über den Weg, der sich vorsichtig in den Kernbereich unserer Wohnung vorarbeitet: Das Wohnzimmer. Dort ist das Reich von Dörle. Ihre Zuflucht. Ihr Heiligtum. Ihr Alamo. Kaum ist der Kater um die Ecke gebogen, brandet ein hohes Katzensingen an mein Ohr. Offenbar lernt Störtie jetzt auch Dörle kennen. Mir schwant böses und ich flitze in den Raum, wo der Kater entspannt auf dem Boden sitzt und die Katze ansieht, die nicht weniger relaxt unter ihrem Lieblingshocker liegt und versucht, zumindest stimmlich bedrohlich zu wirken. Man einigt sich offenbar auf ein Du-bist-größer-dafür-bin-ich-breiter-Patt. Störtebeker trollt sich, um den Flur zu erkunden und wieder nach oben zu gehen. Puh. Offenbar hat Dörle ihre Lektion gelernt, als Störties flauschiger Vorgänger ihr eine Abreibung verpasst hatte. Dabei war er nicht mal halb so groß, wie der rote Riese, der jetzt durch die Wohnung tappst.

Trotzdem kann es Dörle nicht lassen: Einige Zeit später liegt sie singend auf der Treppe, während der Kater das Treppenhaus erkundet. Er sieht sie fasziniert an, macht aber keine Anstalten, aggressiv zu werden. Auch Dörle zeigt keinerlei suizidale Tendenzen und belässt es dabei, Geräusche wie ein Radio auf Sendersuche von sich zu geben. Man muss ja das Gesicht wahren. Freundlich kann ja jeder. Störtie trollt sich wieder entspannt in sein Reich im Dachboden. Es wird. Und irgendwie habe ich das Gefühl, dass Puschelkaters Geist durch das Haus zieht und sich freut, dass er einen würdigen Nachfolger gefunden hat…

DER NEUE WINGLEADER 2

Katzen, so sagt man, sind ja total entspannende Haustiere. Und in der Tat ist eine friedlich vor sich hin schlafende Felide ein durchaus beruhigender Anblick. Es gibt aber Situationen, in denen man erkennt, dass besagtes Statement in etwa so kritisch zu hinterfragen ist, wie die Behauptungen, dass die Hochzeit der schönste Tag im Leben sei (für manche trifft das eher für den Tag der Scheidung zu), oder dass Kinder immer und unter allen Umständen ein Segen sind (was auch nur Menschen behaupten können, die nie Kinder hatten).

Eine klassische Gelegenheit, sich dafür zu verfluchen, jemals flauschige Fellnasen ins Haus gelassen zu haben, ist das, was beschönigend »Vergesellschaftung« genannt wird. Im Grunde beschreibt dieses Wort nichts anderes, als eine für alle Beteiligten extrem nervenaufreibende Zeit mit unbestimmtem Ausgang. Nachdem ich als langjährige Katzenbedieneinheit schon mehrfach in der Situation war, neue Mitglieder in unsere Katzenbande einzuführen, muss ich selbstkritisch anmerken, dass ich eigentlich selbst schuld bin, es doch immer wieder zu tun. Aber was soll's: Ich bin ja auch zum zweiten Mal verheiratet…

Normalerweise bleiben unsere Neuzugänge erst einige Zeit isoliert und haben zu ihren neuen Kumpels nur durch eine geschlossene Tür Kontakt. Bei Störtebeker läuft es dann doch etwas schneller ab und so öffnet sich für ihn die Tür schon am zweiten Tag. Das ist der eigentlich spannende Moment. Üblicherweise tasten sich die Neulinge vorsichtig ins neue Revier vor, begegnen den Ureinwohnern und versichern, in Frieden zu kommen. Eine andere Taktik ist es, wie ein geölter Blitz hervorzuschießen, sich den kräftigsten Gegner auszusuchen und ihm eine ordentliche Abreibung zu verpassen. Unser leider verstorbener Kater Aragorn war gezwungenermaßen ein Meister derartiger Überraschungsangriffe. Ihm blieb auch nicht viel anderes übrig, denn außer einem flauschigen Fell und einem tapferen Herzen hatte er – schmächtig, wie er war – zumindest optisch nicht viel zu bieten. Anders bei Störtebeker: Der rote Riese beeindruckt allein schon durch seine Maße, Masse und Muskeln. Er ist keiner, mit dem man sich gerne anlegen würde. Das gilt nicht nur für Freya, die zwar eine routinierte Nahkämpferin, aber eben doch nur ein halbes Hemd ist, sondern auch für Dörle. Vom Kampfgewicht dem Kater durchaus ebenbürtig, ist sie doch nicht so verrückt, sich auf eine ernsthafte Konfrontation mit ihm einzulassen. So beschränkt sie sich beim ersten und allen weiteren Kontakten darauf, ihn lautstark anzusingen. Und – das muss man ihr lassen – gegen ihre stimmliche Ausdrucksfähigkeit war Maria Callas eine abgehalfterte Schlagertrulla. Zu Dörles Pech ist der Kater entweder unmusikalisch oder schlicht ein Kulturbanause. Freundlich lächelnd sieht er zu, wie die Katze sich abmüht, ihm Angst einzujagen. Lediglich ein gelegentliches kehliges Knurren zeigt, dass er sie zwar als reelle Gegnerin sieht und sich nicht auf größere Konfrontationen einlassen möchte, allerdings ist er auch nicht gewillt, sie übermäßig ernst zu nehmen. Er ist jetzt hier. Und er wird nicht wieder gehen. Punkt.

Innerhalb kürzester Zeit erobert er mit seiner ruhigen Art die Wohnung. Lediglich das Wohnzimmer – Dörles Kernrevier – betritt er sicherheitshalber noch nicht. Man muss es ja auch nicht übertreiben. Das gegenseitige Taxieren zieht sich lautstark durch den Tag. Immer wieder hört man das Singen von Dörle und das Knurren von Störtebeker durch die Räume hallen. Zwischendrin ziehen sich die Kontrahenten in ihre Festungen zurück, um etwas Kraft zu schöpfen oder schmusen mit den Zweibeinern, die ab und an nach dem Rechten sehen. Freya besinnt sich darauf, dass sie als Sanitätskatze neutral ist und schläft friedlich auf ihrem Kratzbaum. Wenn es Verletzte gibt, muss sie ja schließlich ausgeruht und einsatzbereit sein.

Der Abend kommt und es ist Schlafenszeit. Zumindest für die Zweibeiner. Die Flauschnasen bereiten sich auf ein ausführliches Nachtgefecht vor: Dörle verschanzt sich unter dem Bett, Störtebeker geht im Flur in Stellung und versucht, die Verteidigungslinie zu durchbrechen, um im Schlafzimmer einen Brückenkopf zu bilden. Kurze Vorstöße werden von einer wild singenden Dörle erfolgreich zurückgeschlagen. Unglücklicherweise sitzt die Katze direkt unter mir, sodass es etwas problematisch ist, einzuschlafen. Jedes Mal, wenn mich der Schlummer überkommt, stößt der Kater wieder vor, was dazu führt, dass Dörle mit der Lautstärke eines Nebelhorns das Heulen anfängt und ich hochkant im Bett stehe.
Irgendwann schlafe ich dann doch ein. Meine wirren Träume werden durch einen hellen, lauten Schrei unterbrochen. Offenbar sind Dörle und der Kater diesmal etwas heftiger aneinandergeraten und die Katze hat den Kürzeren gezogen. Als ich mich halb wach aufrichte, um auf den Wecker zu sehen, springt der Kater triumphierend auf das Bett. Es ist halb vier am Morgen. Seufzend lege ich mich wieder hin und bin gerade am Eindösen, als ich plötzlich ein Geräusch höre, das etwa so klingt, wie eine Kuh mit Blähungen, die einen Fladen absetzt. Ich wache abrupt auf und stelle fest, dass der Kater tatsächlich Opfer seiner aktuellen Reizdarmbeschwerden geworden ist. Ich schäle mich aus meiner versauten Decke und während meine Frau freundlicherweise die Waschmaschine bestückt, lasse ich die wabernden Dunstwolken aus dem Schlafzimmer. Der Kater trollt schuldbewusst auf dem Bett herum und bekundet sein Bedauern. Nachdem wir ihm klargemacht haben, dass er das nicht zur Gewohnheit werden lassen soll, schließen wir das Fenster und gehen wieder schlafen. Gottseidank haben wir noch ein paar Reservedecken da.

Die Hoffnung, jetzt endlich noch etwas schlafen zu können, zerschlägt sich allerdings schnell. Zwar ist die Schlacht zwischen Störtebeker und Dörle vorerst entschieden, aber der Kater hat ein schlechtes Gewissen und ist sowieso total verschmust. Dabei reicht es ihm nicht, sich einfach irgendwo anzukuscheln und zu schnurren. Vielmehr braucht er eine Hand, unter der er mit seinem Kopf durchtauchen kann, um sich dann nach einigen Durchgängen wie ein nasser Sack auf die Seite fallen zu lassen. Dort liegt er dann schnurrend für ein paar Minuten, um das Spiel von vorne zu beginnen, wenn man gerade am Eindösen ist. Irgendwann beschließt Störtebeker, dass er seine Zweibeiner vorerst genug beglückt hat, so dass er entschwindet und wir tatsächlich noch ein wenig schlafen können. Eine Stunde später erscheint er erneut, frisch wie ein junger Morgen und eröffnet die nächste Kuschelrunde. Kurz frage ich mich, warum niemand unseren Katzen gesagt hat, dass Feliden ungefähr 18 Stunden Schlaf brauchen und nur wenige Stunden aktiv sind. Offenbar ist das auch unserem Katzengeschwader wieder eingefallen. Denn als ich schicksalsergeben aufstehe und einen ersten schlaftrunkenen Rundgang durch die Wohnung mache, finde ich sie alle – fein säuberlich verteilt – ruhig und fest schlafend vor.

Als ich im Bad in den Spiegel sehe, blickt mich ein zombieartiges Wesen aus einem von tiefen Falten durchknautschten Gesicht mit rot unterlaufenen Augen an. Ja, Katzen sind total entspannende Haustiere.

DER NEUE WINGLEADER 3

Störtebeker – der neue Wingleader unseres Katzenkampfgeschwaders – ist seit zwei Tagen im Haus. Die Zeit hat er gut genutzt: Rund zwei Drittel der Wohnung hat er schon erobert, darunter auch das strategisch wichtige Schlafzimmer. Lediglich Wohnzimmer und Küche sind ihm noch verschlossen. Und das kann er natürlich nicht auf sich sitzen lassen.
Der Abend bricht herein und alle Zwei- und Vierbeiner rotten sich im Wohnzimmer zusammen. Alle bis auf Störtebeker. Der schmiedet in seiner Operationsbasis, die er irgendwo im Obergeschoss eingerichtet hat, Eroberungspläne. Und tatsächlich: Plötzlich wird Dörle unruhig, springt auf und bewegt sich langsam in Richtung Wohnzimmertür. Dort erstarrt sie und fängt an zu singen. Der Kater kommt! Langsam schält sich seine Silhouette aus der Dunkelheit, als er

die Treppe hinuntersteigt. Dörle besetzt hektisch den Flur und singt ihn in voller Lautstärke an. Störtebeker hat den Fuß der Treppe erreicht und bleibt stehen. Er ist ein erfahrener Straßenkater und weiß, wie man solche Revierkämpfe führt. Nicht brutale Gewalt, sondern strategisches Geschick ist hier gefragt. Zumal er schon längst erkannt hat, dass Dörle eine würdige Gegnerin ist. Nicht nur, dass sie ein ähnliches Kampfgewicht wie der Kater in die Waagschale werfen kann. Sie hat dergleichen Situation schon öfter erlebt und lässt sich so leicht nicht ins Bockshorn jagen. Entsprechend ist ihr klar, dass sie Störtebeker hier und jetzt aufhalten muss, wenn sie das Wohnzimmer nicht auch noch verlieren möchte. So geht sie in die Offensive und macht wild vor sich hinsingend einen Schritt auf den Kater zu, der tatsächlich zurückweicht. Beherzt rückt Dörle weiter vor. Zu spät erkennt sie, dass sie in eine Falle gelaufen ist: Ihr Gegner sitzt jetzt leicht überhöht auf der Treppe und – was noch schlimmer ist – droht, sie in der Flanke zu umgehen und vom Wohnzimmer abzuschneiden. Derweil sitzt Freya – sich ihres Status als Sanitätskatze bewusst und dementsprechend um Neutralität bemüht – auf der obersten Plattform ihres Kratzbaums und beobachtet staunend und interessiert das Geschehen. Mögen sie sich streiten, sie hält sich elegant zurück. Zwischenzeitlich singt Dörle den Kater weiter an. Ihr ist klar, dass sie feststeckt. Ab und an knurrt Störtebeker provokant zurück. Aber diesmal fällt sie nicht darauf herein. Sie rückt nicht weiter vor, sondern bleibt, wo sie ist: Eine klassische Pattsituation. Denn der Kater sieht ebenfalls nicht ein, seine günstige Position zu verlassen. So sitzen sie eine Weile und singen und knurren sich wechselseitig an.

Irgendwann wird es Dörle zu bunt. Sie weiß, dass sie hier und jetzt nicht gewinnen kann. Wozu also unnötig Kräfte verschwenden? Also singt sie noch ein letztes Mal, steht auf und läuft erhobenen Hauptes in die Küche, wo sie über das Futter in ihrem Fressnapf herfällt. Ohne Mampf kein Kampf. Der Kater sieht ihr verwundert nach, nutzt seinen taktischen Vorteil aber nicht aus. Auch er tritt den Rückzug an und verschwindet wieder nach oben. Freya dreht sich auf ihrer Kratzbaum-Plattform um und schläft erstmal eine Runde.

Zwei Stunden später ist Schlafenszeit und das Geschehen verlagert sich ins Schlafzimmer. Mir schwant Böses und ich denke an die vorangegangene Nacht, in der Störtebeker und Dörle sich lautstark um dieses Revier gestritten haben und ich kein Auge zu machen konnte. Und tatsächlich: Während der Kater am offenen Fenster noch etwas Luft schöpft, schleicht sich Dörle in ihre alte Stellung unter meinem Bett. Kaum ist das Licht aus, geht es los: Dörle erhebt ihre Stimme und ein wenig klingt es wie die felide Version der Habanera aus Bizets »Carmen«. Störtebeker antwortet gelegentlich mit einem Brummen, das klingt, wie ein schlecht gedämpfter Presslufthammer auf Speed. Ich selbst liege mit verdrehten Augen im Bett und erwäge, im Garten zu übernachten. Lieber fünf Grad minus und Schnee, als die ganze Nacht diese Geräuschkulisse. Plötzlich ist es still. Ich werde unruhig. Einen Moment erwäge ich, mich einfach zu freuen, umzudrehen und zu schlafen. Aber vielleicht liegt Dörle ja – vom Piratenkater gemeuchelt – in ihrem eigenen Blut unter dem Bett und haucht ihr junges Leben aus? Ich richte mich auf, mache das Licht an und schaue nach. Störtebeker und Dörle liegen, die Hinterteile einander zugewandt, knapp zwei Meter voneinander entfernt und haben offenbar diplomatische Beziehungen aufgenommen. Die Friedensverhandlungen laufen. Es herrscht Waffenstillstand.

Am nächsten Tag im Wohnzimmer: Dörle liegt dösend auf dem Sofa, Freya auf ihrem Kratzbaum. Es erscheint – Störtebeker. Wie selbstverständlich durchschreitet er die Tür zum bisher hart umkämpften Gebiet. Dörle bemerkt ihn, hebt den Kopf, sieht ihn an…und legt sich wieder hin. Soll er doch. Freya kann ja auch mal. Und tatsächlich: Nachdem seine bisherige erbitterte Kontrahentin ihn geflissentlich ignoriert, wendet sich der massige Kater dem Kratzbaum zu, auf dem die knapp halb so große Freya liegt. Machomäßig richtet sich Störtebeker am Kratzbaum auf und beginnt, ihn mit seinen riesigen Krallen zu bearbeiten. Sein großer Auftritt als neuer Kommandant des Katzenkampfgeschwaders wird allerdings von Freya schmählich zunichte gemacht. Der platzt nämlich der Kragen. Gerne kann der Kater alles für sich beanspruchen, Reviere einnehmen, der Wingleader sein und den großen Max raushängen lassen. Aber bei ihrem Kratzbaum hört es auf! Das ist ihrer! Da wird nicht einfach von Hinz und Kunz dran rumgekratzt! Da könnte ja – verdammt nochmal – jeder kommen!!!

Freya beugt sich von ihrer Plattform, verpasst dem Kater eine ordentliche Kopfnuss und funkelt ihn aus ihren gelben Augen böse an. Das ist selbst für den altgedienten Veteran zu viel. Er lässt vom Kratzbaum ab und zieht sich zurück.

Aber morgen ist ja auch noch ein Tag. Und wie gesagt: Gefragt ist nicht brutale Gewalt, sondern kluge Strategie…

GORDISCHE KNOTEN

Nach noch nicht mal einer Woche im neuen Heim ist Störtebeker weitgehend angekommen. Das ehemalige Straßenkind fühlt sich wohl in einer Welt der Wärme, des Lichts und der ständig reichlich gefüllten Futternäpfe. Außerdem hat er das Bett im Schlafzimmer für sich entdeckt, auf dem er – eingehüllt in eine Wolke wohligen Bedieneinheitengeruchs – den Tag gemütlich verdöst, wenn er nicht gerade sein neues Revier bestreift und Dörle ärgert. Die reagiert immer noch etwas beleidigt, wenn sie dem neuen Mitbewohner begegnet. Allerdings singt sie ihn schon längst nicht mehr so laut und aggressiv an, wie noch vor ein paar Tagen. Mittlerweile haben ihre Begegnungen schon fast etwas rituelles. Man trifft sich zur Schlacht, so wie sich weiland Ritterheere zum Kampf verabredeten. Dann singt und knurrt man sich ein wenig an, bevor man sich in aller Freundschaft trennt. Fast erwarte ich, dass Dörle Störtebeker nach getaner Arbeit noch auf ein Bierchen einlädt. Zum Ritual gehört auch das abendliche Rückzugsgefecht im Schlafzimmer. Eigentlich ist dieser Raum, wie erwähnt, fest in Störtebekers Hand. Aber jeden Abend erscheint Dörle auf der Bildfläche, verschwindet unter dem Bett und singt den Kater an, sobald er sich bewegt. Ab und zu knurrt er ein wenig zurück, um den Schein zu wahren. Nach ein paar Minuten trollt sich Dörle dann, um irgendwann gegen drei Uhr morgens nochmal zu erscheinen. Denn dann ist es Tradition, eine zweibeinige Bedieneinheit zu wecken und frisches Futter einzufordern. Sozusagen ein frühes Frühstück, um die Nacht zu überstehen. Nach anfänglicher Übermüdung haben wir uns damit arrangiert. Immerhin lassen uns die Katzen manchmal sogar ein wenig schlafen. Man will ja nicht undankbar sein.

Störtebeker hat die morgendlichen Aktivitäten Dörles mit Interesse zur Kenntnis genommen. Glaubte er in der ersten Nacht noch an einen heimtückischen Angriff ihrerseits, den er entschlossen abwehrte, verstand er schnell, dass es ihr einzig und allein darum geht, dem Hungertod zu entrinnen. Also lässt er sie gewähren und nutzt die Gunst der Stunde, um selbst aktiv zu werden. Da er ohnehin der Ansicht ist, chronisch unterschmust zu sein, beginnt er – nachdem die Bedieneinheiten sowieso wach sind – laut schnurrend durch das Bett zu tigern und eine Hand zu suchen. Hat er sie gefunden, rammt er seinen Kopf mit voller Wucht dagegen, knickt im Hals ein und lässt sich dann wie ein nasser Sack auf die Seite fallen. Das tut er so geschickt, dass er sich mit dem Rücken gegen den jeweiligen Zweibeiner kuschelt und dabei auf dem Arm zu liegen kommt, dessen

Hand gerade seinen Kopf krault. Derart festgenagelt bleibt einem nichts anderes übrig, als sich so hinzulegen, dass man mit der anderen Hand zwangsläufig den Bauch des Katers streicheln muss. Das wiederum quittiert er mit einem wohligen Schnurren, bevor er nach einigen Minuten den Kopf nach vorne beugt und mit einer eleganten Schulterrolle irgendwie wieder auf die Beine kommt, um das Spiel wieder von vorne zu beginnen. Ich persönlich bekomme dabei schon vom Zuschauen Rückenschmerzen. Störtebeker wiederum machen derartige Verrenkungen Spaß. Je mehr, desto besser. Und so plumpsen mir mit schöner Regelmäßigkeit gut sechs Kilo Kater in den irrwitzigsten Verrenkungen in die Seite, bis der Wecker klingelt.

Dass ich nicht gleich aufstehe, hat Störtebeker schnell spitzbekommen. Und so verstärkt er seine Anstrengungen, kommt an, lässt sich kraulen, fällt um und wickelt sich diesmal wie eine betrunkene Brezel so um meinen Arm, dass ich mich nicht mehr bewegen kann. Wie ein verunglückter Maikäfer rudere ich mit dem freien Arm, um mich zu befreien, habe aber keine Chance. Schnurrend lümmelt der Kater auf mir herum und verändert ständig seine Position. Langsam schiebt er seinen Hintern in Richtung meines Gesichts, was mich dazu veranlasst, meinen Kopf nach hinten zu überstrecken, bis meine Halswirbelsäule bedrohlich das Knacken anfängt. Störtebeker fühlt sich pudelwohl und beginnt, mit seinem Schwanz auf meinen Kopf einzuschlagen. Nachdem ich selbigen weder weiter überstrecken noch nach vorne bewegen kann, wo der Katerhintern auf meine Nase wartet, bleibe ich verkrampft liegen und lasse das ganze über mich ergehen. Immer wieder geraten mir Katzenhaare in die Nase, weswegen ich prustende Geräusche von mir gebe, was den Kater so amüsiert, dass er mir gleich nochmal ein paar mit dem Schwanz um die Ohren haut. Endlich kann ich meinen Arm ein wenig unter Störtebeker hervorziehen. Während ich mich noch frage, ob er irgendwann ein Nahkampftraining bei einer Spezialeinheit absolviert hat, kugelt der Kater schon wieder herum und bereitet den nächsten Anlauf vor. Das erneute Klingeln des Weckers rettet mich. Störtebeker findet das Geräusch faszinierend und hält inne, um den Wecker anzustarren. Ich nutze diese Ablenkung, um aufzustehen. Zwar versucht der Kater noch verzweifelt, mich auf dem Weg ins Bad durch ständiges Herumstreichen um meine Beine zu Fall zu bringen, aber es gelingt mir, unfallfrei am Ziel anzukommen.

Als ich das Bad wieder verlasse, falle ich fast über Dörle, die – wie jeden Morgen – auf dem Flur sitzt, um sich ihre morgendlichen Streicheleinheiten abzuholen (satt ist sie ja schon nach dem Snack einige Stunden zuvor). Während ich meiner Pflicht nachkomme und die Katze kraule, sehe ich, wie Störtebeker im Schlafzimmer gerade neben meiner Frau auf dem Bett zusammenbricht und sich schnurrend korkenzieherartig um einen ihrer Arme wickelt, während sie mit dem anderen hilflos in der Luft herumrudert.

Ich lächle ihr aufmunternd zu und verlasse den Ort des Geschehens, um zur Arbeit zu fahren. Während ich über Störtebekers Talent, uns mit seinem Körper ans Bett zu knoten, nachdenke, frage ich mich, ob Harry Houdini wohl auch Katzen hatte.

WIR WERDEN UNS NIEMALS ERGEBEN

Seit einer Woche ist Störtebeker nun im Haus. Bislang war er gut vorangekommen und hatte weite Teile der Wohnung inspiziert und erobert. Und obwohl er besonnen und keinesfalls aggressiv vorgegangen ist, stört sich vor allem Dörle daran, dass ein neuer Kater in ihre heiligen Hallen vordringt. So sieht sie nicht nur ihre Vormachtstellung, sondern – schlimmer noch – auch ihre Futternäpfe in Gefahr. Dass sie schon längst entdeckt hat, wo Störties Trockenfutter steht und dass in der Regel so viel davon übrig ist, um gelegentliche Raubzüge lohnend erscheinen zu lassen, fällt nicht weiter ins Gewicht. Sie muss wieder in die Offensive, bevor der Kater endgültig die Oberhand gewinnt und seine Stellung als Wingleader festigt. Mit gelegentlichem Anknurren ist es offenbar nicht getan.

Zunächst ist eine aufmunternde Rede an die Untertanen fällig. Freya zeigt sich nur mäßig begeistert, als Dörle bei einem konspirativen Treffen im Wohnzimmer loslegt: »Wir werden bis zum Ende weitermachen. Wir werden im Wohnzimmer kämpfen, wir werden auf den Fluren und Treppen kämpfen. Wir werden mit wachsender Zuversicht und wachsender Stärke im Schlafzimmer kämpfen. Wir werden unsere Wohnung verteidigen, was immer es kosten mag. Wir werden im Badezimmer kämpfen, wir werden in der Küche kämpfen, wir werden an den Katzenklos und an den Wasserstellen kämpfen, wir werden an den Futternäpfen kämpfen. Wir werden uns niemals ergeben.«

Zumindest hat die feurige Rede keine allzu große Wirkung auf Freya, die sich weiterhin vornehm zurückhält. Dörle aber schreitet zur Tat, sucht den Kater und findet ihn tatsächlich im Arbeitszimmer. Unglücklicherweise läuft etwas schief: Störtebeker ergreift nicht etwa panisch die Flucht, sondern kommt langsam ein Stück auf sie zu. Dörle weicht rückwärts aus, übersieht dabei aber, dass direkt hinter ihr die angelehnte Zimmertür ist, die sie durch ihr Manöver zuschiebt, sodass der Fluchtweg verschlossen ist. Für große Planungen bleibt ihr keine Zeit: Sie zieht sich unter den Schreibtisch zurück und faucht den Kater mit allem, was sie hat, böse an. Störtebeker ist langsam nur noch genervt von diesem Theater und knurrt lautstark zurück, was meine Frau auf den Plan ruft, die die Tür öffnet, um nachzusehen, was denn nun schon wieder los ist. Auch diesmal endet das Gefecht mit einem Patt.

Wenn sie dem Kater schon nicht im offenen Kampf gewachsen ist, muss sie ihre Strategie ändern. Was tut man also, wenn man einem überlegenen Gegner auf eigenem Territorium gegenübersteht? Richtig: Man führt einen Guerilla-Krieg. Der Nachteil: Dafür muss man schnell und beweglich sein. Nicht unbedingt die Kernkompetenz einer trockenfuttersüchtigen, schon etwas älteren Katze, die von der Tierärztin gerne einmal scherzhaft als »quadratisch, praktisch, gut« bezeichnet wird. Aber wenn es schon nicht mit Klasse geht, dann eben mit Masse. Also richtet sich Dörle an einer strategisch geschickt gewählten Stelle häuslich ein: Auf ihrer Lieblingstreppenstufe direkt am Flur im ersten Stock. Zentraler geht es nicht. Hier liegt sie nicht nur perfekt den zweibeinigen Bedieneinheiten im Weg, sondern kontrolliert den kompletten ersten Stock und das Erdgeschoss – sogar den Weg ins Schlafzimmer kann sie so blockieren.

Und tatsächlich: Kaum erscheint der Kater auf der Treppe zum Obergeschoss, wird er lautstark angesungen. Allerdings ist seine Reaktion nicht ganz so wie erhofft: Weder wirkt er eingeschüchtert, noch knurrt er großartig zurück. Seine Reaktion ist eher leicht genervt, ähnlich der eines Ehemanns, der die Augen verdreht und »Weiber!« ruft. Störtebeker richtet sich im Obergeschoss weiter häuslich ein und unternimmt gelegentliche Patrouillen in die unteren Stockwerke. Dabei kommen ihm zwei Faktoren entgegen: a) Dörles Verfressenheit und b) die Tatsache, dass er eine gut funktionierende Logistik in Form eines Zweibeiners hat, der ihm regelmäßig frisches Futter in sein Domizil liefert. Entsprechend nutzt er die Essenszeiten der Katze, um auf kurzen Rundgängen Markierungen zu hinterlassen und kundzutun, dass er nicht gewillt ist, aufzugeben.

So liegt Dörle missmutig auf ihrer Treppenstufe und wird den Gedanken nicht los, dass dieser rote Kater, der plötzlich in ihrer Wohnung und ihrem Leben aufgetaucht ist, ihr doch überlegen sein könnte. Vielleicht sollte sie ja anfangen, ihr Gesicht in Falten zu legen, einen komischen Hut zu tragen und Zigarren zu rauchen...

DÖRLE IST FRUSTRIERT

Dörle ist frustriert. So richtig. Sie liegt auf ihrer Treppenstufe und strahlt kräftig Wellen abgrundtiefer Frustration aus. Störtebeker ist kaputt! Er muss kaputt sein, denn er macht absolut nicht das, was Dörle sich eigentlich vorgestellt hat. Statt auf ihren ausgefeilten Plan einzugehen, den Kater durch eine zentrale Positionierung ihrer selbst auf der Treppe daran zu hindern, die Wohnung weiter für sich zu beanspruchen, wartet Störtebeker in der Nacht einfach darauf, dass sie Hunger bekommt und etwas fressen geht. Während sie sich über ihren Futternapf hermacht, tappst er seelenruhig ins Schlafzimmer (INS SCHLAFZIMMER!!!) und kuschelt ausführlich mit ihren (IHREN!!!) zweibeinigen Bedieneinheiten. Um es noch schlimmer zu machen: Als Dörle endlich merkt, was da gerade vor sich geht und versucht, den Kater vom Flur aus mit Blicken zu töten, ignoriert er es und schmust einfach glücklich schnurrend weiter. Kein Knurrer. Kein Fellsträuben. Nichts.

So kann Dörle nicht arbeiten! Zumal er ihre nächste Futterpause (ein Gehirn, das teuflische Pläne ausheckt, braucht schließlich Energie) nutzt, um zufrieden und völlig unbehelligt wieder in sein Domizil im Dachgeschoss zu verschwinden und eine Runde zu schlafen. A propos schlafen: Freya ist auch keine Hilfe. Sie döst friedlich auf ihrem Kratzbaum im Wohnzimmer herum, während Dörle sich einen abrackert, um ihre... ähm... die freie Welt gegen einfallende Katerhorden zu verteidigen. Nein, so kann Dörle einfach nicht arbeiten. Missmutig liegt sie auf ihrer Treppenstufe und brütet vor sich hin. Dass ihre Bedieneinheiten ab und zu über sie hinwegsteigen, ihr aufmunternde Worte zurufen und sie liebevoll kraulen, interessiert sie dabei absolut nicht. Wenigstens hat sie noch Appetit.

Futter. Der einzige Trost in ihrem tristen Dasein. Ob Napoleon nach Waterloo auch Hunger hatte? Lag er auch auf seiner Treppenstufe und wurde von Marschall Ney gekrault? Überhaupt. Die Bedieneinheiten. Jene unzuverlässigen, rückgratlosen, zweibeinigen Sklaven, die sich opportunistisch auf alles stürzen, was vier Pfoten und ein Fell hat! Ja, so muss sich jener große französische Feldherr gefühlt haben. Dörles Treppenstufe ist ihr St. Helena. Diese abgrundtiefe Enttäuschung. Und dieses flaue Gefühl im Bauch… Flaues Gefühl?… Im Bauch?… Ach so!… Hunger… Mal sehen, ob es noch was zu fressen gibt. Der Kater ist morgen schließlich auch noch da… äh… VERDAMMT!!!

Dörle ist frustriert…

THE ANSWER, MY FRIEND, IS BLOWING IN THE WIND

Es ist Abend. Zeit, ins Bett zu gehen. Im Schlafzimmer zeigt sich ein ungewöhnliches Bild: Dörle liegt – Missmutigkeit ausstrahlend – unter dem Stuhl. Keine zwei Meter entfernt hat sich Störtebeker unter dem Bett häuslich eingerichtet. Freya wiederum saust wie ein Satellit auf Speed zwischen den beiden herum und scheut sich nicht, den Kater mehrfach knapp zehn Zentimeter vor dessen Nase zu passieren, bevor sie fröhlich quiekend in der Dunkelheit des Flurs verschwindet. Trotz der räumlichen Nähe der felinen Konfliktparteien zueinander ist es still im Raum. Kein Knurren, kein Fauchen – nichts. Ist das der Durchbruch, oder nur ein kurzer Waffenstillstand?

Die Antwort bekomme ich am nächsten Tag. Zunächst scharwenzelt Dörle um alle in ihren Augen legitimen Hausbewohner herum, schmust hier, schnurrt da und gibt die liebevolle, harmlose Katze. Dann begibt sie sich ins Obergeschoss, wo der Kater sein Domizil hat, frisst ihm das restliche Trockenfutter weg und pöbelt ihn zu guter Letzt – ständig fluchtbereit – mit gebührendem Abstand durch die offene Zimmertür an. Näher heranzugehen, vermeidet sie sicherheitshalber. Zu frisch ist noch die Erinnerung daran, dass sie sich bei der letzten derartigen

Gelegenheit aus Versehen selbst den Fluchtweg abgeschnitten hatte, in dem sie rückwärts gegen die Tür lief und sie so verschloss. Das wird ihr kein zweites Mal passieren. Sie mag nicht unbedingt die Koryphäe in Sozialverhalten sein – aber dumm ist sie auch nicht. Nach getaner Arbeit begibt sie sich wieder in ihr Reich und lässt den Kater unbeeindruckt zurück. Offenbar hat er in Militärgeschichte besser aufgepasst als sie: Die klassische Kombination aus die-Herzen-der-Bevölkerung-gewinnen und den-Gegner-aufspüren-und-bekämpfen hat noch nie funktioniert. Dörle ist auf der Verliererstraße – sie hat es nur noch nicht realisiert. Aber solange sie Spaß daran hat: soll sie doch.

Ganz anders handhabt ein bislang verborgener Akteur die Situation: Freya wird plötzlich aktiv und tobt immer wieder maunzend durch die ganze Wohnung. Lautstark tut sie kund, dass sie alle Anwesenden ohne Ausnahme mag und es doch zur Abwechslung ganz toll wäre, wenn man einfach mal nett zueinander sein würde. Ein Hauch von Love and Peace and Happiness umweht die kleine, schlanke Katze. Fast wartet man darauf, dass sie in einem gebatikten Walla-Walla-Kleid »Give Peace a Chance« singt.

Während Störtebeker ein offensichtliches – wenngleich auch durch Vorsicht und Zurückhaltung geprägtes – Interesse an Freya und ihrem Anliegen zu zeigen scheint, wirkt Dörle nicht übermäßig beeindruckt. Sie zieht regelmäßig ins obere Stockwerk und pöbelt weiter: »Der Kater muss weg! Der Kater muss weg!« Dann umschmeichelt sie wieder ihre Lieblingsmitbewohner. Positiv daran ist, dass sie sich immerhin mehr bewegt, was besser für ihre Figur sein dürfte, als ständig auf der Treppenstufe herumzulümmeln. Sicherheitshalber äußere ich diesen Gedanken jedoch nicht laut. In der aufgeheizten Stimmung könnte es fatale Folgen für mich haben, wenn Dörle davon Wind bekäme. Wie auch immer: Die Situation wird zunehmend unübersichtlich. Zwar bin ich froh, dass es bislang noch nicht so weit gekommen ist, dass ich Katzenkörperteile hätte einsammeln müssen. Aber trotzdem beobachte ich die Rivalitäten im Katzenkampfgeschwader mit gemischten Gefühlen, wohl wissend, dass nach gerade mal 12 Tagen nun wirklich nicht mehr zu erwarten ist – im Gegenteil. Letztlich – das ist die Erfahrung aus anderen Vergesellschaftungen – bleibt mir nichts anderes übrig, als abzuwarten und zuzusehen.

Im Obergeschoss singt Dörle lautstark den Kater an, während Freya fröhlich maunzend durch die Flure tobt. Wie es weitergeht? The Answer, my Friend, is Blowing in the Wind...

STRESSFREI

Das Verhältnis zwischen Störtebeker und Dörle ist zwar immer noch angespannt, aber langsam scheinen die beiden Feliden sich aneinander zu gewöhnen. Im Regelfall liegt oder sitzt man mit etwas Abstand voreinander, es wird etwas gesungen und dann starrt man sich an. Kurz: Die beiden Fellnasen verhalten sich wie die Belegschaft einer kleinen Firma auf einer schlecht geplanten Weihnachtsfeier mit alkoholfreiem Glühwein. Trotzdem sind wir uns bewusst, dass die Situation für alle Beteiligten stressbehaftet ist. Als gut funktionierende Bedieneinheiten liegt uns das Wohl unserer vierbeinigen Herrscher natürlich sehr am Herzen. Und so befindet sich nach dem nächsten Besuch im Futtermarkt auch eine unscheinbare Tube »Stressfrei für Katzen« mit diversen pflanzlichen Wirkstoffen im Einkaufskorb.

Zurück vom Einkaufen beginne ich, es mir im Wohnzimmer gemütlich zu machen. Vorher muss ich aber noch ein paar Kleinigkeiten erledigen. Im Halbdunkel tappe ich durch den Flur und die Treppe hinauf. Das Risiko, das ich eingehe, ist mir wohl bewusst. Immerhin lauert Dörle – gut getarnt – gerne auf einer der oberen Treppenstufen, um den Kater anzusingen oder einen unachtsamen Zweibeiner zu Fall zu bringen. Aber manchmal muss ein Mann Dinge tun, die ein Mann tun muss. Das Risiko reizt. Ich fühle mich lebendig wie selten, als ich die Stufen hinaufsteige. So muss es Sir Edmund Hillary und Tenzing Norgay ergangen sein, als sie den Gipfel des Himalayas betraten, Roald Amundsen, als er den Südpol erreichte oder Neil Armstrong, als er seine Flagge in den Boden des Mondes rammte. Dass ich sicherheitshalber das Licht in der Küche angelassen habe und so sehe, dass die Treppe frei passierbar ist, zählt nicht. Wenn ich mich schon in eine potenziell tödliche Gefahr, ein ultimatives Abenteuer, einen Trip in die Unendlichkeit begebe, dann wenigstens so, dass nichts passieren kann.

Kaum habe ich etwa die Hälfte der Treppe erklommen, höre ich ein leicht unregelmäßiges Trappeln auf dem Flur über mir. Freya schießt um die Ecke und schlingert wie eine betrunkene Flipperkugel an mir vorbei die Treppe hinunter. Unten kollidiert sie mit der Wand, prallt ab und torkelt wie ein Ballermann-Tourist mit Turboantrieb ins Wohnzimmer.

Als ich einige Minuten später wieder unten bin, um meinen Platz auf dem Sofa einzunehmen, ist Freya immer noch da und flitzt flummiartig im gesamten Raum herum. Dabei kichert sie, wie eine Hyäne mit 1,4 Promille auf einem Junggesellinnenabschied. Schließlich erklimmt sie ihren Kratzbaum, wobei sie nicht wie sonst üblich springt, sondern eher wirkt wie Luis Trenker bei Schneesturm in der Eiger-Nordwand. Als sie endlich auf ihrer Plattform angekommen ist, kugelt sie darin herum, bevor sie mich aus leicht glasigen Augen anstiert. Dann beginnt sie, mit einem der Flauschbälle unterhalb ihres Podests zu spielen, wobei sie über den Rand der Plattform rollt und langsam auf die darunter befindliche Liegemulde fließt. Dort beginnt sie wieder zu kichern und hängt schließlich wie ein Seemann nach einer ausgiebigen Sauftour durch die Hafenkneipen am Kratzbaum.

Während ich mich noch wundere, betritt meine Frau den Raum. »Also das mit der Stressfrei-Paste… Dörle und Störtie mögen die überhaupt nicht. Nur Freya… was ist denn mit der Katze los???« Die letztgenannte Felide versucht vergeblich, wieder auf ihre Plattform zu kommen. Endlich entdeckt sie ein Seil, das darunter direkt vor ihrer Nase hängt und versucht damit zu spielen. Beim Versuch, den Strick zu tatzen, verliert Freya das Gleichgewicht, purzelt wieder in die Liegemulde hinein, rollt auf den Rücken und bleibt mit einem dümmlichen Gesichtsausdruck liegen. Dann schließt sie die Augen und schläft mit einem seligen Ich-sehe-bunte-Farben-Blick ein.

Meine Frau und ich sehen uns an. »Ich habe ihr wirklich nur ein ganz kleines Stück gegeben…«

Immerhin weiß ich jetzt, was ich nehmen kann, wenn mir dieser ganze Vergesellschaftungszirkus zu viel wird…

ES WÄCHST ZUSAMMEN....

Das Katzenkampfgeschwader wächst immer mehr zusammen. Zwar dominiert noch gegenseitige Vorsicht das Geschehen, aber man kommt sich immer näher. Dörle wird ihrem Ruf als Katzensozialautistin nicht mehr gerecht. Im Gegenteil. Als Störtebeker beim abendlichen Lüften am offenen Fenster sitzt, springt Dörle direkt neben ihm auf einen Hocker und genießt gemeinsam mit ihm die frische Luft. Ein paar Minuten später wird zwar wieder ein wenig gesungen und geknurrt, aber mittlerweile hat es nur noch etwas von Traditionspflege.

Am nächsten Morgen – es ist ein Sonntag – zeigt sich dann endgültig, dass die Friedensverhandlungen in vollem Gang sind. Plötzlich ist meine Frau unter Katzen begraben: Störtebeker hat sich wieder einmal gekonnt gegen ihre Hüfte purzeln lassen, Freya thront auf ihrem Bauch und Dörle nimmt auf dem Kopfkissen Platz. Vermutlich werden die Feliden kommende Woche beginnen, uns aus ihrem Bett herauszudrängen, bevor sie uns endgültig aus der Wohnung werfen. Bis es soweit kommt, freue ich mich aber, nochmal in Ruhe eine Runde schlafen zu können, ohne beständig eine grölende Katze unter dem Bett zu haben.

Etwas später zeigen sich aber die durchaus noch existierenden Grenzen. Störtebeker wuselt hinter meiner Frau her, die noch hinaus zur Mülltonne muss. Nachdem der Kater noch nicht lange genug bei uns ist, hat er Ausgangssperre. Um zu verhindern, dass er durch einen dummen Zufall entkommt, schnappe ich ihn mir und setze ihn ins Wohnzimmer, wo bereits Freya und Dörle eingesperrt sind. Das entpuppt sich als böser Fehler: Dörle schaut überrascht auf, erhebt sich dann und geht entschlossen auf Störtebeker zu, dabei macht sie schonmal Atemübungen, um kurz darauf ihre Version von Mozarts »Arie der Königin der Nacht« von sich zu geben. Auch Freya erhebt sich von ihrem Ruheplatz und tritt neugierig näher. Störtebeker macht keinen glücklichen Eindruck und verzieht sich – gefolgt von den Katzen – in Richtung Küche. Irgendwie erinnert mich die Situation an das Video von Michael Jacksons »Thriller«.

Nachdem Störtie sich in die Küche gerettet hat, schließe ich die Tür, um zu verhindern, dass Dörle und Freya ihm zu sehr auf die Pelle rücken. Nachdem der Kater realisiert hat, dass er zwar keinen Fluchtweg hat, aber auch keine Gefahr droht, beginnt er, den Raum zu inspizieren. Dabei benimmt er sich erneut vorbildlich wie ein echter Gentleman: Zwar wird interessiert an den Futterschüsseln geschnuppert, jedoch die Möglichkeit eines zweiten Frühstücks nicht genutzt. Nach einiger Zeit können wir die Katzen wieder in die restliche Wohnung lassen und Störtebeker entschwindet sichtlich erleichtert in »seine« oberen Stockwerke.

Den Rest des Tages verbringen die Katzen gut verteilt und dösend. Die vergangenen zwei Wochen waren anstrengend. Die leeren Batterien müssen wieder aufgeladen werden. Auch, wenn noch nicht alles perfekt ist, ist das Katzenkampfgeschwader auf einem guten Weg.

Wehe uns Zweibeinern, wenn dieses Team sich endgültig zusammengefunden hat.

…WAS ZUSAMMENGEHÖRT

Störtebeker kommt langsam an. Eines Abends liegt der Kater halbwegs entspannt auf dem Bett, als seine Widersacherin den Flur entlangstolziert kommt, sich in Pose wirft und anfängt, ihn lautstark anzupöbeln. Bislang hat sich Störtebeker in derartigen Situationen zumindest passiv verhalten. Diesmal platzt ihm allerdings der Kragen: Er schießt wie ein Kampfjet beim Katapultstart auf die Katze zu, die schreiend vor ihm flüchtet. Ob er sie tatsächlich noch erwischt, kann ich nicht erkennen, da ich genug damit zu tun habe, mich von dem Schreck zu erholen, den der plötzliche Ausbruch bei mir ausgelöst hat. Von wegen: Katzen sind gut für den Blutdruck.

Seit diesem Ereignis ist Dörle deutlich zurückhaltender mit ihren Anwürfen. Ab und an gibt es noch ein paar lautstarke Geplänkel, diese laufen jedoch weitgehend friedlich ab. Freya traut sich zwar mittlerweile, den Kater in Nahdistanz zu passieren, seine Aufforderungen zum Spielen quittiert sie allerdings noch mit einem vorsichtigen Fauchen. So interessant sie den roten Riesen auch findet: So ganz traut sie dem etwa doppelt so großen Störtebeker noch nicht. Doch trotz dieser kleinen Rückschläge lebt der Kater sich zunehmend ein. Auch meine Nächte werden entspannter: Störtebekers Reizdarm hat sich zwischenzeitlich beruhigt und so schlafe ich mit dem Wissen ein, dass der Kater seine Verdauungsprobleme nicht mehr hautnah mit mir teilt. Das ist auch gut so. Denn Störtie hat es sich mittlerweile zur Gewohnheit gemacht, sich nachts einen warmen Schlafplatz zu suchen: So kommt er regelmäßig etwa gegen Mitternacht auf mein Bett gesprungen, strolcht erst etwas unruhig die Kante der Matratze auf und ab, bevor er sich wie ein gefällter Baum seitlich auf mein Kopfkissen fallen lässt, wo bereits mein einer Arm liegt. Den anderen Arm lege ich längs an ihn an, er kuschelt sich hinein, schnurrt und wir schlafen beide zufrieden ein. Doch, Katzen beruhigen ungemein.

Zumindest, solange sie keine Blähungen haben. Das ist in der Tat in den ersten Tagen etwas störend, da ich, eingedenk meiner Erfahrungen mit seiner schlanken Verdauung, hektisch nach feuchten Spuren suche und nicht mehr richtig einschlafen kann. Der Kater sieht mich halb entschuldigend, halb unverständig an, bevor er sich wieder zurechtkuschelt und mir dabei seinen Hintern möglichst nah an die Nase schiebt. Ich soll ja schließlich auch was davon haben.

Aber das ist jetzt vorbei. Störtie fühlt sich wohl und entdeckt zunehmend auch das Erdgeschoss für sich. Sehr zum Leidwesen von Dörle, die langsam einsieht, dass der rote Mitbewohner wohl nicht mehr von Dannen ziehen wird. Selbst vom Besuch beim Tierarzt ist er wieder zurückgekommen. Dabei hatte sie schon Hoffnung gehegt, als der Kater in die Transportbox geschoben wurde. Der Traum platzte dann knapp 1 ½ Stunden später als ein zwar sichtlich mitgenommener, aber sonst quietschfideler Störtebeker wieder zurückkehrte.

Also arrangiert man sich untereinander. Zwar gibt es noch etwas Theater, als Störtebeker den Futterplatz seines Vorgängers zugewiesen bekommt und mit großem Appetit seinen Napf leert. Aber nachdem es dann noch Leckerli für alle gibt, kann das ja eigentlich so schlimm nicht sein.: *knurps* Wer ist eigentlich der rote Kater, der hier immer rumschleicht? *knabber* Ach stimmt, der gehört ja hierher. *knurpsel* Gibt's noch ne Knuspertasche???

WIND OF CHANGE

Katzen zu vergesellschaften ist ja so eine Sache. Der unbedarfte Laie denkt, dass die süßen Flauschies freudig erregt aufeinander zulaufen und sogleich herzig das Spielen anfangen. Dass die putzigen Fellnasen zunächst allerdings eher darauf aus sind, den Eindringling in ihr Revier auszuweiden und zu zerstückeln, trifft unerfahrene Katzenbedieneinheiten dann oft schwer. Gut, das mag jetzt dezent übertrieben sein, aber Freundschaft sieht doch anders aus. Etwas erfahrenere Zweibeiner sehen es auf jeden Fall pragmatischer und sind nicht übermäßig beunruhigt, solange es nicht soweit kommt, dass größere Blutflecken den Teppich verunreinigen oder Katzenteile herumliegen (von ein paar Angstschissern mal abgesehen – aber das ist ja sozusagen Soft- und nicht Hardware).

Irgendwann wird der Kriegszustand den meisten Katzen allerdings zu blöd und man respektiert sich zumindest. Oft entstehen auch Freundschaften daraus. Manchmal auch eine innige Liebe. Ganz, ganz selten klappt es überhaupt nicht. Aber meistens wird zumindest ein Status wie im kalten Krieg erreicht: Man ist zwar nicht glücklich, dass der andere da ist, aber es ist nun mal so und es wird das Beste daraus gemacht.

Der Prototyp eines solchen kalten Kriegers ist Dörle. Sie wäre am liebsten eine Alleinherrscherin – mit Betonung auf »allein«. Dass es außer ihren zweibeinigen Vasallen noch andere felide Lebewesen in ihrem Dunstkreis gibt, findet sie alles andere als amüsant. Allenfalls Freya wird geduldet. Aber die ist ja auch die personifizierte Schweiz. Ob sie tatsächlich Dörles Schwarzgeld verwaltet, darüber streiten sich die Gelehrten. Bezüglich ihrer Neutralität bestehen allerdings keine Zweifel. So hat Freya den bisherigen Konflikt zwischen Störtebeker – der die freie Welt repräsentiert – und Dörle (der Katze, die aus der Kälte kam) friedlich auf ihrem Kratzbaum verpennt. Gelegentlich hat sie ihre Kontakte zu beiden Seiten gepflegt, für Gefangenenaustausch gesorgt und ihre Beobachtermission erfüllt. Nur der blaue Helm mit dem »UN«-Logo fehlt noch. Abgesehen davon hat sie bislang eher eingeschüchtert auf den Kater reagiert und sich lieber zurückgehalten.

Umso erstaunter bin ich, als ich nach Hause komme. Auf dem Flur läuft mir Freya über den Weg. Während sie mir freudig erregt entgegentrabt, sehe ich aus dem Augenwinkel, dass sich gleichzeitig Störtebeker auf der Treppe nach unten bewegt. Ein Zusammenstoß ist unvermeidbar – und zwar genau dort, wo ich jetzt stehe. Auch, wenn beide Feliden halbwegs friedliche Beziehungen zueinander unterhalten, kann ein plötzliches Zusammentreffen ganz anders enden. Der Wachoffizier in meinem Gehirn wird entsprechend hektisch, löst Alarm aus und schließt die Schotten. »Alle Mann auf Gefechtsstation! Auf Einschlag vorbereiten!«. Adrenalin pulsiert durch meine Blutgefäße, während die beiden Katzen sich aneinander annähern. Wo war noch gleich der Notfallkoffer? Es ist beruhigend, dass ich meine Frau selbst in Erster Hilfe ausgebildet habe und es genug Verbandmaterialien im Haus gibt, um den dritten Weltkrieg zu überstehen. Denn gleich werde ich mich im Mittelpunkt eines Kampfes zweier zähnefletschender, mordlustiger Kreaturen befinden, die plötzlich und unerwartet aufeinanderstoßen und instinktiv um ihr Leben und ihren Revieranspruch kämpfen werden. Lebe wohl, du schnöde Welt. Mein Ende hatte ich mir auch anders vorgestellt.

Just in diesem Moment realisieren die beiden Feliden ihre gegenseitige Anwesenheit. Auge in Auge stehen sie sich gegenüber: Der wuchtige und erfahrene Straßenkater Störtebeker und Freya. Die wiegt zwar nur die Hälfte, ist dafür aber von atemberaubender Schnelligkeit. Man nennt sie auch »die flinke Kralle«. Wie zwei Revolverhelden beim Duell sehen sie sich an und bewegen sich tranceartig aufeinander zu. Mein Leben läuft wie ein Film vor meinem inneren Auge ab. Gleich… Die Feliden nähern sich weiter und… fangen an zu näseln. Dann wenden sie sich friedlich voneinander ab und gehen ihrer Wege. Ich stehe etwas peinlich berührt da. Schließlich packt mich die Erleichterung: Ich darf weiterleben! Meine Frau wird nicht meinen zerfetzten Körper im Flur vorfinden, ganz zu schweigen von der Putzarbeit, die sie sich dadurch spart. Es sind diese Momente, die das Leben als Katzenbedieneinheit so lebenswert machen: Augenblicke des Glücks zwischen dem Auffüllen des Futternapfs, nachdem man nachts um drei Uhr von sechs Kilo hungriger Katze brutal geweckt wurde und dem Einsammeln weicher Haufen aus dem Katzenklo mittels eines kleinen Schäufelchens, das in einem Erinnerungen an früheste Kindheitstage wachruft.

Im Flur, in dem ich nun alleine stehe, glaube ich ganz, ganz leise »Wind of Change« zu hören. Ich bin gespannt, ob Dörle das auch…
»MIAAAAAUUUUUUOOOOOAUUUUUUUU…«

ICH BIN EIN TECHI

Ich bin ein Techi. Ich liebe das leise Summen des Computers, das meine Ohren umspielt, wenn ich abends im sanften Licht meiner Monitore an einem Schreibtisch sitze, der aussieht, wie der Kommandostand eines Weltraumbahnhofs. Man sollte meinen, dass die größte Gefahr für Menschen wie mich von hochkalorischen Lebensmitteln und Softdrinks ausgeht. Aber weit gefehlt: Als wesentlich riskanter hat sich die Installation neuer Hardware herausgestellt. Dabei spreche ich hier nicht von den allfälligen hysterischen Anfällen bei der Nutzung widerspenstiger Treibersoftware, hypertensiven Krisen, wenn das Betriebssystem wieder macht, was es will und auch nicht vom gesteigerten Herzinfarktrisiko, wenn sich die WLAN-Verbindung auch beim dritten Versuch noch nicht stabil aufbauen lässt. Das Problem sind – wieder einmal – meine flauschigen Freunde.

Zunächst beginnt alles ganz harmlos: Der nette Postbote teilt mir per E-Mail mit, dass das Paket mit dem neuen Drucker zu Hause auf mich wartet. Oh segensreiche Technik, die du mir den Arbeitsalltag versüßt! Bis Feierabend hibbele ich ein wenig herum, fahre dann nach Hause und schleppe die Kiste nach oben, wo ich sie auspacke. Grundsätzlich bin ich ja – zumindest was Müllentsorgung betrifft – ein eher ordentlicher Mensch. Freya sieht das naturgemäß etwas anders. Sie sieht überhaupt nicht ein, dass so tolle Spielsachen wie Plastikfolien, Klebestreifen und Formteile zum Schutz des Geräts einfach so entsorgt werden. Entsprechend zieht sich nach kurzer Zeit eine Spur aus zerfetztem Plastik und zerbröseltem Styropor durch das halbe Haus, während ich der Katze nachjage, die panisch vor dem Klebestreifen an ihrem Schwanz flüchtet.

Nachdem ich sie endlich erwischt habe und Freya um einige Haare ärmer aber dafür um eine Erfahrung reicher ist, kehre ich zum Drucker zurück. Vorher beseitige ich noch die Verpackungsmaterialien, die die Felide so großzügig verteilt hat. Der nächste Schritt ist es, den Drucker an einem kuscheligen Plätzchen aufzustellen, an dem er sich wohlfühlt und vor allem gut zugänglich ist. Keine leichte Übung, nachdem jede noch halbwegs freie Fläche mittlerweile mit Katzenhaaren als off limits für die niederen zweibeinigen Lebensformen markiert ist. Clever wie ich bin, habe ich allerdings einige Reservebereiche mit irgendwelchem Kram vollgestellt, um sie vor dem Zugriff der Katzen zu schützen. Kleingeister nennen es »Unordnung«, ich nenne es Anpassung an den feliden

Lebensraum, in dem ich mich bewege. Normalerweise markieren Kater ihr Revier ja anders. Aber nachdem meine Frau gedroht hat, mit mir in diesem Fall das zu tun, was man normalerweise mit markierenden männlichen Fellnasen so tut, habe ich es dann doch lieber bleiben gelassen. Man kann es mit der Anpassung auch übertreiben…

Also räume ich eine meiner Reserveflächen frei, stelle den Drucker darauf, schließe ihn an und schalte ihn ein. Sogleich beginnt er begeistert zu schnurren… ?!?!? Als ich mich verwirrt umsehe, steht der Kater vor mir und schaut mit großen Augen erst mich, dann den Drucker an. *Schnurrrrr* »BRRRRWWWWAUUU?« Offenbar findet er Technik auch toll, was erklären würde, dass er regelmäßig völlig geplättet vor dem Wecker steht, wenn dieser morgens klingelt. Wobei ich in diesen Situationen seine Begeisterung nicht wirklich zu teilen vermag. Wie auch immer: Der Drucker steht, läuft und muss nur noch mit WLAN und Computer verbunden werden. Sollte ja so schwer nicht sein. Fatalerweise habe ich völlig verdrängt, dass Drucker, WLAN-Router und Rechner an verschiedenen Orten bzw. sogar verschiedenen Zimmern zu finden sind. Mithin muss ich also etwas tun, das eines Techis unwürdig und in einem Katzenhaushalt auch nicht ganz ungefährlich ist: Ich muss mich bewegen. Verschärfend kommt noch hinzu, dass es mittlerweile dunkel ist und ich bei der Arbeit am Computer gedämpftes Licht bevorzuge.

Diese Grottenolm-Einstellung wird mir beinahe zum Verhängnis, als ich den Drucker mit dem WLAN verbinden möchte und deswegen zum Router sprinte, um den Vorgang zu starten, bevor der Printer ihn wieder abbricht: Der Kater – immer noch total fasziniert von dem, was ich hier so treibe, läuft mir zwischen die Füße, bekommt einen veritablen Tritt und ich torkle wie eine betrunkene Primaballerina gegen den Tisch, auf dem auch der Router steht. Das Gerät schwankt wie ein Kamel bei Windstärke zwölf, kippt nach hinten weg und donnert lautstark auf den Boden. Einige Sekunden später ertönt die Stimme meiner Frau aus dem Wohnzimmer: »Du-huuuu? Was ist denn mit dem Netzwerk los??« »Alles gut. Der Kater hat den Router versenkt. Ist gleich wieder da!« Der rotbefellte Assassin hat sich derweil beleidigt in Sicherheit gebracht, was ich eher gelassen hinnehme, da der Tisch auf dem der Router sich normalerweise befindet, a) schwer und b) nicht besonders gut zugänglich ist. Meine einzige Chance, das WLAN wieder herzustellen besteht darin, den Tisch ein wenig zu verrücken, mich mit eingezogenem Bauch in unbeschreiblichen Zwangshaltungen dahinterzuklemmen und den Router, der hoffentlich noch an irgendeinem Kabel hängt, herauszuziehen, bevor ich erstickt bin. Wie ich selbst dann wieder hinter dem Tisch hervorkomme, ist ein anderes Problem, um das ich mich später kümmern werde.

Todesmutig schiebe ich das Möbelstück also von der Wand, zwänge mich in die entstandene Lücke und angle kurzatmig im Halbdunkeln nach irgendetwas, das sich anfühlt wie ein Kabel oder ein WLAN-Router. Gerade, als meine Fingerspitzen eine Struktur erhaschen wollen, die wohl ein LAN-Kabel ist, spüre ich einen Stoß auf meiner Hüfte. Das Kabel flüchtet ins Halbdunkel und ich werde tiefer in die Lücke zwischen Tisch und Wand gedrückt. »MRRRWAU!« Dörle versteht zwar nicht so wirklich, was ich da gerade treibe, es ist ihr aber auch egal: Sie ist der Meinung, dass sie sich auf mir niederlassen und erstmal eine Runde dösen muss, wenn ich hier schon so nutzlos in der Gegend rumliege. Mittlerweile drückt der Tisch ziemlich unangenehm in meinen Bauch und eine ausreichende Atmung geht anders. Entsprechend kurzatmig versuche ich Dörle davon zu überzeugen, dass das, was sie da vorhat, gerade keine gute Idee ist. Das beeindruckt sie allerdings nicht sonderlich: Sie verteilt sich wie ein frischer Hefeteig auf mir, schnurrt kurz und fängt dann an, sich zu putzen. Meine Befreiungsversuche ignoriert sie und balanciert meine Bewegungen gekonnt aus. Schließlich bleibt mir nichts anderes übrig, als mich entschlossen und ruckartig gegen den Tisch zu stemmen, der sich prompt ein Stück bewegt und mich freigibt. Dörle springt mit einem beleidigten Meckern von mir herunter. Dafür fällt mir die Lampe auf den Kopf, die bisher noch auf dem Tisch stand. Ich erinnere mich schlagartig an das Anschlusskabel, das so kurz ist, dass ich mir geschworen hatte, den Tisch nie nach vorne zu rücken. Die besorgte Stimme meiner Frau ertönt: »Alles in Ordnung? Brauchst Du Hilfe?« Ich bin kurz davor, ihr zu entgegnen, dass eine 12-Gauge-Schrotflinte nicht schlecht wäre, um der feliden Pest ein Ende zu bereiten, als ein sanftes »Brrrwauuu?« an mein Ohr dringt: Freya hat den Krach gehört und eilt zu Hilfe, wie sie es in solchen Fällen immer zu tun pflegt. »Nein, passt schon. Alles gut. Mir ist nur die Lampe auf den Kopf… HA-HAAA!!!« Meine Hand ertastet überraschend das LAN-Kabel, das nun keine Fluchtmöglichkeit hat. Als ich vorsichtig daran ziehe, erscheint der WLAN-Router und – noch besser – auch das Kabel der abgestürzten Lampe, das sich in dem Knäuel irgendwie verhakt hat.

Mit chirurgischer Präzision berge ich die Geräte, schiebe vorsichtig den Tisch in Position und stelle alles wieder an seinen Platz. Offenbar hat sich beim Sturz das Stromkabel vom Router gelöst. Nachdem das Netzteil sich vor dem Tisch befindet, ist es keine große Übung, das Kabel hervorzuangeln und wieder einzustecken. Prompt kommt die Quittung: »Netzwerk ist wieder da! Danke, Schatz!« Ich kämpfe zwar noch etwas mit Sauerstoffmangel, aber immerhin kann ich mich ein wenig wie der Held fühlen, der Hasi gerettet hat. Selbst Freya schaut mich bewundernd an, bevor sie sich wieder trollt.

Diesmal klappt der Verbindungsaufbau reibungslos. Ich gehe zum Computer, um die Installation abzuschließen, stolpere dabei auf dem Gang über den Kater, initiiere einen Probeausdruck, gehe zum Drucker, um ihn zu kontrollieren, stolpere dabei über den Kater, stelle fest, dass der Ausdruck nicht geklappt hat, gehe zurück, stolpere über den Kater, starte den Ausdruck erneut, gehe zum Drucker, stolpere dabei über den Kater, begebe mich mit dem Ausdruck zum Rechner setze mich auf meinen Stuhl und stelle zufrieden fest... wo zum Teufel ist der Kater???

Manchmal weiß ich wirklich nicht, wie ich technische Herausforderungen ohne die Katzen meistern sollte.

FISCH UND FREMDE LEBENSFORMEN

Ich habe mir etwas zu essen gemacht. Irgendwas mit Fisch. Streng riechend, aber lecker. Nachdem es sich eher um einen Zwischendurchsnack handelt, meine Frau nicht da ist und mir ein gemütlicher Fernsehabend vorschwebt, mache ich es mir mit der Schüssel auf dem Sofa gemütlich. Schon die Römer haben im Liegen gespeist. Und die haben ein Weltreich erobert. Ich fange erstmal mit dem Essen an und kümmere mich dann nach dem Film um das Weltreich. Rom wurde ja auch nicht an einem Tag erbaut und so.

Der Film startet. Es handelt sich um einen Science-Fiction-Horror-Klassiker, in dem eine Raumschiffbesatzung während eines Routineflugs zu einem fremden Planeten umgeleitet wird und dort auf eine fremde Lebensform trifft, die die Astronauten nach und nach als Brutkasten für die Nachkömmlinge zweckentfremdet. Zum Schluss jagt die Heldin des Films das Raumschiff in die Luft, erledigt die fremde Lebensform, die sich zwischenzeitlich ins Rettungsboot geflüchtet hat und entschwindet mitsamt der Bordkatze in die Ungewissheit (die so ungewiss nicht ist, weil der Film noch ein paar Fortsetzungen hat). Eigentlich schaue ich den Film vor allem wegen der Katze an, die eine sehr überzeugende schauspielerische Leistung abliefert.

A propos Katze. Dörle erscheint. Während sich auf dem Bildschirm das Raumschiff langsam durch die unwirtlichen Weiten des Weltraums bewegt und mit seinen Antennen nach fremden Lebensformen sucht (und – wie wir wissen – fündig wird), strolcht die Katze durch das nicht ganz so unendliche und deutlich weniger ungemütliche Wohnzimmer und sucht mit Nase und Ohren nach Futter. Offenbar ist sie dabei ebenso erfolgreich wie der Bordcomputer des Filmraumschiffes. Und wie dieses ändert sie ihren Kurs, kommt auf mich zu, schwenkt in die Umlaufbahn um mein Sofa ein und begibt sich in Parkposition. Von dort aus sieht sie mich mit großen Suchscheinwerf... pardon... Augen an und gibt ein Peilsignal ab: »Mau??« Ich versuche sie – wohl wissend, dass ich auf verlorenem Posten bin – zu ignorieren. Es geht mir ein wenig wie den Astronauten in dem Film, die – wenn sie das Drehbuch gelesen hätten – wüssten, dass sie ihrem Schicksal in Form eines grausamen, blutigen Todes nicht entrinnen können. Aber ich bin von jeher Optimist. »MAU!?« Dörle macht sich lauter und mit einem empört-drohenden Unterton bemerkbar. Im Film betreten einige Crewmitglieder das Wrack eines fremden Raumschiffs, wo sie auf die Gelege der fremden Lebensform treffen und in dem einer von ihnen als Wirt für eines der lieben Kleinen enden wird. Kurzfristig schweifen meine Gedanken ab. Augen auf bei der Berufswahl: Wer nichts wird, wird Wirt. Ich bin erleichtert darüber, kein Astronaut auf einem Raumfrachter zu sein.

Während ich noch so sinnlos meine Gedanken vor mich hin schweifen lasse, landen sechs Kilogramm Katze in meinen Eingeweiden. Dörle ist es zu bunt geworden und sie nimmt die Sache jetzt selbst in die Hand. Nachdem sie der Form halber ein wenig auf mir rumgetretelt hat, nimmt sie die Witterung auf. Langsam bewegt sie sich von meinem Bauch hinauf auf meine Brust. Der unglückliche Astronaut im Film gebärt gerade während des Essens eine fremde Lebensform aus seinem aufplatzenden Thorax. Gleichzeitig versuche ich, meinen Fisch vor der Katze zu retten, die ihrer Krallen in meine Rippen bohrt und in Richtung der Schüssel immer länger wird. Wie eine Lenkrakete in Zeitlupe bewegt sich ihr Kopf mit wild arbeitender Nase hin zu der ersehnten Nahrungsquelle.

Während auf dem Bildschirm die Besatzung des Raumfrachters verzweifelt versucht, die unbekannte Lebensform zu eliminieren oder zumindest von ihrem Schiff in die unendlichen, leeren Weiten des Alls zu verfrachten, kämpfe ich nicht weniger verbissen darum, die mir sehr gut bekannte Lebensform von meinem Essen fernzuhalten und im Idealfall in die endliche, mit gut gefüllten Futterschüsseln ausgestattete Nähe unserer Küche zu spedieren. Offenbar haben Dörle und die fremde Lebensform gemeinsame Verwandte. Beide lassen sich von den Anstrengungen der Zweibeiner nicht sonderlich beeindrucken und verfolgen unbeirrt ihr Ziel. Zumindest möchte mich die Katze nicht als intergalaktische Legebatterie missbrauchen, was ein tröstlicher Gedanke ist. Allerdings habe ich keine Ambitionen, meiner Nahrung verlustig zu gehen und einem elenden Hungertod auf dem heimischen Sofa anheimzufallen. So wogt ein erbitterter Kampf, sowohl im Weltraum als auch in meinem Wohnzimmer.

Endlich kommt es zur Entscheidung: Während die fremde Lebensform von der Protagonistin durch die Luftschleuse ins All befördert und im Triebwerksstrahl gegrillt wird, gelingt es mir, Dörle herunter auf den Fußboden zu expedieren. Sie trollt sich in die Küche, um dort über die Futternäpfe herzufallen.

Schließlich legt sich die Astronautin mitsamt Kater in eine Kälteschlafbox, um dem zweiten Teil der Filmreihe entgegenzudämmern. Ich kuschle mich zeitgleich ohne Katze auf meinem Sofa zurecht und futtere mich in Richtung des gleichen Ziels. Aber trotz des Happy Ends kann ich mich des Eindrucks nicht erwehren, dass irgendwo in den Weiten der Wohnung das Schicksal in Form einer vierpfotigen, pelzigen Lebensform schon wieder auf mich wartet....

STÖRTIE SABBELT

Störtebeker sabbelt. Daran ist grundsätzlich erstmal nichts Besonderes. Schließlich sind Dörle und Freya auch ziemlich gesprächig. Aber Störtebeker war bislang eher der stille norddeutsche Typ. Nur nicht viel Worte machen. Wie gesagt: Bislang.

Angefangen hat alles gezwungenermaßen mit einem Knurren, als Dörle ihm krummgekommen ist. Gut. Das gehört zum Standardrepertoire jeder Felide. Aber schon hier zeigte sich, dass der Kater hinsichtlich Lautäußerungen ein spezielles Talent hat. Denn es gibt Knurren und es gibt Knurren. Das macht einen riesigen Unterschied. So gibt es das theatralische, laute, dramatische Knurren, das klingt, als ob Liciano Pavarotti Magenbeschwerden hätte. Oder das verhaltene Tu-mir-nix-tu-ich-dir-auch-nix-Knurren, das gezwungenermaßen Freyas Spezialität ist. Dörle wiederum bevorzugt das etwas überdrehte Diva-Knurren. Und Störtie hat sich mittlerweile auf eine Lautäußerung ausgerichtet, das klingt, als ob Joe Cocker und Charles Bronson eine Nacht durchgesoffen und dabei Roth-Händle ohne Filter Kette geraucht hätten: Ein tiefes, kehliges Grollen, das bedrohlicher klingt, als es der Kater je war. Aber es funktioniert.

Und so ist Störtebeker offenbar auf den Geschmack gekommen und erweitert aktuell sein Repertoire an Lautäußerungen. Dabei übertreibt er es allerdings nicht. Wortkarg ist er immer noch. Er erinnert ein wenig an Clint Eastwood in »Für eine Handvoll Dollar«: Stoisch sieht er einen an, bevor er ein kurz angebundenes »wwrrau« von sich gibt. Das reicht, um alles zu sagen. Kein Drama, keine große Aktion, sondern reine, ungefilterte Präsenz. Je nach Situation variiert er seinen Lieblingslaut und gibt damit klar zu verstehen, was gerade Sache ist. Dazu spießt er einen mit seinem klaren Blick auf, sodass man sich im nicht mehr entziehen kann. Eigentlich warte ich nur noch darauf, dass er mit einem Poncho um den Hals und einem Zigarillo im Mundwinkel in einer dunklen Ecke steht und mich anstarrt. Dann stößt er sich elegant von der Wand ab und kommt langsam auf mich zu. In der Nahaufnahme sieht man, wie mir Schweiß auf der Stirn steht und ich erfolglos versuche, ein nervöses Zucken meines Auges zu vermeiden. Irgendwo um meinen Kopf herum summt penetrant eine Fliege. Störtebeker steht vor mir, intensiviert seinen Blick, greift in seinen Poncho, zieht ein Streichholz hervor, reißt es an der Wand an, entzündet seinen Zigarillo, nimmt einen tiefen Zug, stößt den Rauch aus und sieht mir tief in die Augen: »wwrrau«. Meine Anspannung löst sich und macht blanker Panik Platz. Mit diesem Kater ist nicht zu spaßen…

Immerhin, so weit ist es noch nicht gekommen. Aber fast. Spätestens, wenn es ums Abendfressen geht, wird Störtebeker ungemütlich. Und mittlerweile hat er eine Bande aus Desperados um sich versammelt, die ihn lautstark unterstützen. Wenn es jemals eine Definition für »Pack schlägt sich, Pack verträgt sich« gegeben hat, sind es Dörle, Freya und Störtebeker. So sehr sie sich sonst noch gegenseitig belauern, bepöbeln und anknurren, so einig sind sie sich, wenn es ums Futtern geht: Dann rotten sie sich zusammen und reiten in die Küche, um unschuldige Siedler zu überfallen und sie zu zwingen, den Kühlschrank leerzuräumen. Störtebeker startet mit einem trockenen »wwrrau?!« und leicht drohendem Unterton. Er ist El Störti, der fieseste mexikanische Bandenboss diesseits des Colorado. Dörle gibt mit einem langgezogenen »MAAAUUUU!« Donna Pandora, die neurotische Gangsterbraut. Und Freya schließt den Reigen: Mit ihrem »mauauau« füllt sie die Rolle der irre lachenden, initial harmlos erscheinenden, aber brandgefährlichen Bandenpsychopathin Vier-Pfoten-Freya. So ziehen sie marodierend durch die Küche, bis die Futternäpfe gefüllt vor ihnen stehen. Während die Katzen sich über die Beute hermachen, gibt Störtebeker noch den unzufriedenen Bandenchef: »Wenn hier nächstes Mal nichts besseres steht, ist aber was los! WWRRAU!!!« Dann widmet auch er sich dem Futter, nicht ohne eine Der-Hunger-zwingt's-rein-aber-gut-ist-anders-Welle durch die Küche wogen zu lassen. Dann reiten die feliden Desperados wieder in den Sonnenuntergang, zerstreuen sich und machen Siesta.

Einige Zeit später – Freya und Dörle liegen noch verdauend gut verteilt im Wohnzimmer – erscheint Störtebeker wieder auf der Bildfläche. Schlich er vor ein paar Tagen noch unauffällig und still durch die Wohnung, tut er jetzt seine Anwesenheit schon von weitem mit einem lauten »WWRRAAU!« kund: »Seht, hier bin ich, Störtebeker, Kaiser und Gott!!!« Spätestens am Eingang zum Wohnzimmer verlässt ihn sein Mut allerdings wieder etwas. Schließlich ist hier Dörles Gebiet. Und da sollte man dann doch ein wenig langsamer tun. Also nuanciert er sein »wwrraauu?« eher in Richtung eines: »Äh, moinsen. Ich komm dann mal rein, nich?« Dörle quittiert mit einem kurzen Knurren, dann gibt sie sich wieder ihrem Verdauungsschläfchen hin. Freya dreht allenfalls müde ein Ohr. Nicht ihre Baustelle. Störtie interpretiert die Passivität seiner feliden Mitbewohner als Zustimmung, nähert sich auf leisen Pfoten und mit gebührendem Abstand zu Dörle den Zweibeinern, die auf dem Sofa sitzen und präsentiert die nächste Variante: Ein freundlich imperatives Ich-bin-jetzt-da-also-krault-mich-WWRRAU, das – nachdem er sich in Position gebracht hat – von einem wohligen Schnurren abgelöst wird. Zumindest sofern die Bedieneinheit keine Funktionsstörungen hat. Ansonsten wird ein weiteres »WWRRAU!!« hinterhergeschickt, welches das Problem in aller Regel löst.

So entdeckt Störtebeker fasziniert die Mittel und Möglichkeiten kätzisch-humaner Kommunikation. Vielleicht sollte ich ihm einen Poncho und Zigarillos schenken…

ROUTINEN

Störtie hat sich mittlerweile recht gut eingelebt. Wie wohl alle Katzen mag er Rituale und Routinen. Seine beginnt in der Regel irgendwann gegen halb vier Uhr morgens. Dann weckt Dörle mehr oder weniger dezent meine Frau, weil es – zumindest aus Katzensicht – Zeit für's Frühstück ist. Seit Störtebeker und Dörle sich zumindest halbwegs vertragen und die Fütterung der Raubtiere wieder zentral in der Küche stattfindet, ist der Kater sozusagen auf den Geschmack gekommen und hat sein Zeitmanagement entsprechend eingerichtet.

Nach dem Frühstück schläft er erstmal eine Runde an meinem Fußende, bevor er dann irgendwann zwischen fünf und halb sechs an der Bettkante zu meinem Kopfende hochwandert, weil er schmusen will. Jetzt! Dabei genügt es ihm nicht, sich mehr oder weniger dezent an mich heranzukuscheln. Vielmehr fordert er vehement Krauleinheiten ein, indem er seinen Kopf mit der Wucht einer Dampframme unter meine Hand oder meinen Arm stößt, bis ich im Halbschlaf endlich irgendetwas katerartiges unter meinen Fingern spüre und halbherzig streichle, bevor mein Arm wieder schlaff auf die Kissen fällt. Störtebeker nimmt das zum Anlass, sich neben mir auf die Seite fallen zu lassen. Beglückt nehme ich die schnurrende Felide in den Arm, stecke meine Nase in das weiche Fell und döse wieder ein. Das ist der Moment, auf den der Kater gewartet hat: Er springt wie von der Tarantel gestochen auf, rennt etwas hin und her, bis ich wieder einen gewissen Wachheitsgrad erreicht habe und beginnt das ganze Spiel wieder von vorne.

Dörle hat sich zwischenzeitlich neben meiner Frau zusammengerollt und liegt dort leise vibrierend tief und fest schlafend. Irgendwie bin ich wohl auf der falschen Seite des Bettes gelandet. Der Wechsel zwischen Eindösen und wieder Hochschrecken zieht sich hin, bis der Wecker endlich klingelt. Völlig gerädert hieve ich mich aus dem Bett. Der Kater hoppelt derweil glücklich hin und her, bis er aus dem Bett springt, um mir ständig vor den Füßen herumzulaufen. Ich stelle fest, dass es ziemlich fordernd ist, mit Schlafdefizit und im Halbdunkel etwas aufzuführen, das einem klassischen schottischen Schwerttanz ähnelt, nur, dass statt Breitschwertern ein Kater genutzt wird. Ich öffne den Kleiderschrank, hole ein paar Klamotten heraus, schließe den Kleiderschrank wieder, gehe einige Schritte, drehe mich um, öffne den Kleiderschrank, hole den Kater heraus, schließe den Kleiderschrank wieder und tapse ins Bad.

Der Kater wuselt glücklich mit mir mit. Wir gehen beide auf die Toilette, ich spüle, er buddelt, als ob er einen Bunker anlegen möchte. Dann sieht er mir fasziniert beim Zähneputzen zu. Während ich unter der Dusche stehe, kümmert er sich darum, dass meine Hausschuhe nicht weglaufen. Störtie liebt Hausschuhe! Er stößt mit seinem Kopf hinein, schnüffelt (ihm graut es wirklich vor nichts), setzt sich vor die Schuhe und schlüpft mit den Vorderpfoten in sie hinein. Ich bin mit dem Duschen fertig und erkläre ihm wie jeden Morgen, dass er noch ein paar Mäuse mehr fressen muss, bis Schuhgröße 46 ihm wirklich passt. Nachdem er mir begeistert zugesehen hat, wie ich mein Wechselfell anziehe, folgt er mir in die Küche, wo er mir wild klagend zu verstehen gibt, dass er am Verhungern ist. Ich verweise auf die halbvollen Näpfe, allerdings ist er auf diesem Ohr taub. Vielleicht versteht er mich auch einfach nicht, weil er so laut maunzt. Während ich mir mein Frühstück mache, rennt er mir noch pro forma ein wenig zwischen den Füßen herum. Zu guter Letzt verabschieden wir uns und ich fahre zur Arbeit. Manchmal frage ich mich, wann er Schuhe und Jacke anzieht und mich dahin auch noch begleitet.

Während der Arbeit macht sich mein Dauerschlafdefizit bemerkbar. Aber nachdem ich einen Beruf habe, in dem das irgendwie normal ist, komme ich darüber hinweg. Wenn ich abends nach Hause komme, ignorieren mich die Katzen weitgehend: Freya ist damit beschäftigt, auf ihrem Kratzbaum zu schlafen, Störtebeker erkundet weiter die Wohnung und Dörle pöbelt ihn dabei an. Da bleibt keine Zeit für einen Dosenöffner. Nur, wenn ich auf dem Sofa liege und den Laptop auf dem Schoß habe, kommt Dörle wie aufs Stichwort, schaut mich vorwurfsvoll an und springt mit einem klagenden Maunzen auf meinen Schoß, wo sie sich häuslich niederlässt. Sobald ich den Laptop ausgeschaltet und weggestellt habe, um mich der Katze zu widmen, springt sie mit einem verächtlichen »Mau!« von mir herunter und sucht den Kater, um ihn anzumeiern. Sobald ich den Laptop wieder auf dem Schoß habe, kommt sie wieder vorbei und springt... nun ja.

Wenn ich dann – meistens recht früh am Abend, da ich furchtbar müde bin – im Bett liege und am Einschlafen bin, kommt Störtebeker auf leisen Sohlen an, springt aufs Bett und fordert wieder vehement Schmuseeinheiten ein. Zombieartig hebe ich irgendwie irgendeinen Arm, ertaste irgendetwas Felliges und kraule es kurz. Sobald ich weiter eindöse, donnert wieder ein Kopf mit einer kalten Nase irgendwo in meinen Arm.

Irgendwann darf ich dann tatsächlich ein wenig schlafen. Aber der nächste Tag steht ja vor der Tür...

WHODUNIT?

Ich habe es eilig. Irgendwie habe ich den Wecker nicht wirklich ernst genommen und bin spät dran. Der Chef wird nicht begeistert sein, wenn ich zu spät zur Frühbesprechung komme. Also hetze ich mich durch meine morgendliche Routine.

Das Glück ist mir hold: Störtebeker hat es sich auf meinem noch warmen Bett gemütlich gemacht, Freya schnarcht auf ihrem Kratzbaum und Dörle ist nirgendwo zu sehen. Ungehindert mache ich mich in rekordverdächtiger Zeit fertig, gehe zur Garderobe, ziehe mir die Schuhe an und will mich gerade meiner Jacke zuwenden, als mir ein verdächtiges Glitzern in der Wanne auffällt, in der die Schuhe üblicherweise stehen. Es war die letzten Tage trocken, Schnee liegt auch keiner mehr draußen: Woher kommt also die kleine Pfütze in der Schale? Ich erinnere mich, dass meine Frau mich vor ein paar Tagen angemeiert hatte, dass ich doch bitte die Schale reinigen soll, wenn die Katze... Schlagartig wird mir klar, dass die Flüssigkeit in der Schuhwanne ein eher unappetitlicher Gruß einer unserer Feliden ist. Was letztes Mal erst passiert ist, nachdem ich die Wohnung verlassen hatte, wurde jetzt offenbar schon vorher erledigt. Jetzt fällt mir auch der feine Flüssigkeitsfaden auf dem Schuh auf, den ich gerade angezogen habe. Ich erstarre, weil mir bewusst wird, dass ich gerade im Begriff war, den kompletten Flur zu kontaminieren. Gottseidank habe ich bei der Bundeswehr gelernt, wie man bei der Dekontamination biologischer Kampfstoffe vorgeht. Erstes Gebot: Ruhe bewahren. Ich sondiere vorsichtig die Lage: In der Schuhwanne zeigt sich eine vergleichsweise kleine Pfütze vom Typ »Protestpinkler«. In dieser Pfütze steht einer meiner Schuhe. Das andere Paar habe ich gerade an. Vom Rücken des linken Schuhs zieht sich ein feiner, noch feuchter Flüssigkeitsfaden in Richtung Sohle. Ich hebe kurz meinen Fuß und sehe, dass der Flur darunter feucht ist.

Immerhin: »Schuh« ist eigentlich die falsche Bezeichnung für das, was ich gerade am Fuß habe. Ich bevorzuge es, Einsatzstiefel zu tragen: Flüssigkeitsdicht, Öl- und Säureresistent, mit Schutzkappe und durchtrittsicherer Sohle. Noch nie war ich über meine leichte Rettungsdienstneurose so glücklich wie heute. Nicht auszudenken, wenn ich auf klassisches Schuhwerk, vielleicht auch noch aus Stoff, stehen würde…

So ziehe ich fluchend den verschmutzten Stiefel aus, wobei ich eine weitere Kontamination des Flurs zu vermeiden suche. Ab damit in die triefende Schuhwanne und alles zusammen erstmal in die Dusche, die derartigen Kummer schon gewöhnt ist. Nachdem wir aus leidvoller Erfahrung mit undichten Katzen derart viel Spezialputzmittel griffbereit haben, dass selbst ein Tatortreiniger vor Neid erblassen würde, ist es ein Leichtes, erst den Flur und dann Schuhe, Wanne und Dusche wieder porentief rein zu bekommen. Es kostet blöderweise nur Zeit. Als alles aufklarigt ist, hetze ich zum Auto und fahre zur Arbeit. Gibt es eigentlich irgendwo eine Internetseite mit Katzenbratenrezepten??

Im Laufe des Arbeitstages beruhige ich mich wieder etwas und beginne, mich geistig in den Fall einzuarbeiten, um das Verbrechen zu klären und den Täter dingfest zu machen. Als versierter Krimifan kenne ich die berühmten sieben »W-Fragen« der Kriminalistik. Ich gehe sie im Geiste durch. Sie werden mir helfen, den Täter oder die Täterin festzunageln.

- *Was geschah?*: Jemand hat mir auf die Schuhe gepinkelt.
- *Wo geschah es?*: Im Flur, genauer gesagt in der Schuhwanne.
- *Wann?*: Nachdem alles noch frisch war, muss es heute früh passiert sein. Damit scheidet der Kater schon mal aus, denn der hat ein Alibi: »Ich war die ganze Zeit im Bett und habe geschnurrt, Inspektor. Meine Katzenmama kann

das bestätigen« Die Katzenmama nickt im Hintergrund ernsthaft. Störtebeker ist aus dem Schneider

- *Wie wurde die Tat durchgeführt?*: Nach Auswertung aller forensischen Spuren komme ich zu dem Schluss, dass eine Katze sich über meine Schuhe gehockt und den Schließmuskel ihrer Blase gelockert hat. Damit ist auch das
- *Womit?* klar: Tatwerkzeug war offenbar eine in jeglicher Hinsicht funktionsfähige Katze, womit sich die Schlinge um Freya und Dörle langsam zusammenzieht. Letztlich bringt mich die Frage nach dem
- *Warum?* weiter: Die gängigen Motive sind – so habe ich es in unzähligen Kriminalgeschichten gelernt – in der Regel Geld, Sex oder Eifersucht. Nachdem die finanzielle Lage beider Katzen offenbar nicht so schlecht ist (sie besitzen eine Immobilie, haben Personal und können sich exzellentes Futter leisten) und Sex aufgrund diverser chirurgischer Eingriffe ausscheidet, bleibt nur noch Eifersucht. Und damit ist klar,
- *Wer?* es war: Dörles Gebaren in letzter Zeit hat sie verraten. Sie war die Einzige, die versucht hat, den Kater wieder ins Tierheim zu verfrachten. Sie hat eine Szene nach der anderen gemacht. Sie war es, die gedemütigt und aus dem Schlafzimmer vertrieben wurde. Sie ist diejenige, die ein handfestes Motiv hat: Rachedurst aus Eifersucht.

Und tatsächlich. Als ich abends nach Hause komme, liegt Dörle schuldbewusst im Wohnzimmer: »Sie haben mich erwischt, Inspektor Columbo. Ja, ich habe es getan.« Aus dem Hintergrund tritt ein Streifenpolizist hervor und legt der reuigen Katze Handschellen an. Als man sie zum Streifenwagen bringt, dreht sie sich noch einmal zu mir um: »Woher haben Sie gewusst, dass ich es war?« Ich sehe der Täterin in die Augen: »Sonst haben Sie jedes Mal morgens den Kater angepöbelt. Nur heute nicht. Das war verdächtig. Hätten Sie Störtebeker auch heute angesungen, wären Sie vielleicht davongekommen« »Verdammt!«

Trotzdem hoffe ich sehr, dass Dörle auf einen milden Richter trifft…

MAGENSCHONEND

Katzen gelten gemeinhin ja als entspannte und entspannende Haustiere. Diverse Studien zeigen, dass Katzenbedieneinheiten einen niedrigeren Blutdruck haben als nicht felidophile Personen und das Schnurren von Katzen soll nicht nur Knochenbrüche besser heilen lassen, sondern auch beruhigend wirken. Ich weiß nicht, welche Katzen da untersucht wurden, aber unsere können es jedenfalls nicht gewesen sein. Wobei das nicht einmal daran liegt, dass unser felides Kampfgeschwader ein besonders nervenaufreibendes Verhalten an den Tag legen würde (naja, manchmal vielleicht. Aber nur manchmal.) Vielmehr liegt es in der Natur der Sache. Es mag sein, dass ich da gelegentlich auch etwas zu empfindsam bin. Aber trotzdem kann zumindest in meinem Fall von Entspannung keine Rede sein.

Beginnen wir bei Dörle. Sie ist – ihrem Charakter gemäß – eher die Brechstangennervensäge. Ich sitze an meinem Schreibtisch und muss mich wirklich konzentrieren, weil ich mich gerade in einen komplexen Sachverhalt einlese. Meine Nerven sind zum Zerreißen gespannt, ich bin verzweifelt bemüht, den Faden nicht zu verlieren, als ein markerschütterndes Miauen an mein Ohr dringt. Mein Versuch, durch schnelles Zuhalten meiner Ohren dem Lärm zu entkommen und doch noch den Text vor mir zu verstehen, ist vergeblich. Allenfalls tun mir jetzt auch noch die Ohren weh, weil ich meine Hände etwas zu schnell und vor allem zu hart auf die Ohren gehauen habe. Unten röhrt Dörle ungerührt weiter wie ein brunftiger Hirsch auf Testosteron. Ich gebe entnervt auf und gehe nach unten: In der Küche treffe ich auf Dörle, die ihre maunzikalische Einlage kurz unterbricht, um mir mit einem empörten Blick klarzumachen, dass der Futternapf halbleer und darüber hinaus mit dem teuren Futter, das sie vorige Woche mit gutem Appetit verspeist hat, gefüllt ist. Halbleer! Und das GLEICHE Futter, wie vor EINER Woche!!! MAAAAU-UUUUUUU!!!!! Die Diskussion darüber, dass das Futter noch gut ist, ein halbleerer Napf gleichbedeutend mit einem halbvollen ist und ihr das Futter letzte Woche so gut geschmeckt hat, dass ich es extra nochmal besorgt habe, zieht sich hin.

Und so setze ich mich etwa eine halbe Stunde später wieder an den Schreibtisch, um festzustellen, dass meine Gedanken um Katzenfuttersorten und das felide Seelenleben kreisen. Entnervt gebe ich die Lektüre der Fachliteratur auf und hoffe auf bessere Zeiten dafür.

Freya wiederum ist Traditionalistin. Als schwarze Katze ist sie sich bewusst darüber, dass ihresgleichen im Mittelalter (also quasi gestern) als Unheilbringer, gar als teuflisch angesehen wurden. Das mit dem Unheil beherrscht die herzensgute Felide allerdings überhaupt nicht. Ihr ist durchaus bewusst, dass man ihr das sowieso nicht abnehmen würde. Also konzentriert sie sich aufs Teuflische. Ihre gelben Scheinwerferaugen, die sie wahlweise groß und kreisrund oder schlitzförmig und schräg formen kann, leisten ihr dabei gute Dienste. Freyas Stunde schlägt, wenn es dunkel geworden ist. Nichts Böses ahnend tapse ich durch die Wohnung. Ganz gegen meine Gewohnheit habe ich mir einen ziemlich gruseligen Film angesehen, der mich im Unterbewusstsein noch beschäftigt. Als ich noch etwas aus meinem Arbeitszimmer holen möchte und gerade in Gedanken nach dem Lichtschalter taste, strahlen mich aus dem Raum plötzlich zwei gelbe Augen an und nageln mich fest, wie zwei Flakscheinwerfer einen Bomber. Dass meine etwas über-reizte Phantasie, sich noch mit allerlei gruseligen Kreaturen beschäftigt, führt dazu, dass der Diensthabende in meinem Kopf voller Panik Rotalarm auf allen Decks auslöst. Adrenalin schießt in meine Adern und ich stolpere über die Türschwelle, die etwas erhaben ist. Als ich rückwärts gegen die Wand torkele, höre ich wie die mich fixierenden Augen mit mir reden: »Wwwraauu?« kommt es freundlich aus dem Dunkel. Kurz darauf zeichnet sich Freyas Silhouette ab, als sie mir aus dem Raum entgegenkommt, mich freundlich angrinst und dann irgendwo im Haus verschwindet, um sich wieder auf die Lauer zu legen. Eigentlich sollte ich es ja schon gewöhnt sein. Aber sie bekommt mich immer wieder, was vielleicht an meiner Befürchtung liegt, dass ich irgendwann einmal die gelben Augen ignoriere und es dann eben nicht mehr Freya, sondern ein todbringendes Alien aus dem All ist, das mir auflauert.

Störtebeker wiederum – obwohl erst kurz Mitglied der Crew – hat sich bereits perfekt an die Sitten und Bräuche angepasst. Er ist sich seines Talents als Ninja-Kater voll bewusst. Trotz seiner beeindruckenden Größe und der auffälligen Farbe seines Fells schafft er es, sich völlig lautlos zu bewegen und eins mit der Umgebung zu werden. Seine Spezialität ist der passive Überraschungsangriff. Ich habe schnell noch einen Brief zum Postkasten gebracht und betrete die Wohnung. Nachdem ich die Haustür einen Spalt geöffnet habe, werfe ich einen vorsichtigen Rundumblick in den Flur, um fluchtbereite Katzen zu erkennen. Alles leer. Nicht mal ein einzelnes Katzenhaar. Also schlüpfe ich schnell durch die Wohnungstür, schließe sie, drehe mich um und starre direkt in das Gesicht von Störtebeker, das gefühlt nur wenige Zentimeter von meiner Nase entfernt ist. Während ich schreiend zurückweiche, weil der Kater offenbar mittlerweile auf knapp zwei Meter Größe angewachsen ist, sieht mich dieser nur mit einem mitleidigen Blick an, bevor er seinen Weg die Treppe hinunter wieder aufnimmt. Ich versuche, meine Pulsfrequenz wieder in halbwegs normale Bereiche zu bekommen und starre auf die Stufe in der Mitte der Treppe vor mir, auf der Störtebeker gerade noch gesessen und mich angesehen hat. Derweil wuselt der Kater ungerührt auf der Suche nach Fressbarem in die Küche.

Einen Vorteil hat das ganze immerhin. Mein früher sehr hoher und durchaus magenschädigender Kaffeekonsum ist deutlich zurückgegangen. War ich früher darauf angewiesen, mich mit schwarzem Gebräu in einen halbwegs akzeptablen Wachzustand zu bringen, erledigen das mittlerweile die Katzen und damit einhergehend ein konstant hoher Adrenalinspiegel. Insofern sind unsere Feliden zwar nicht unbedingt entspannend und beruhigend, aber immerhin magenschonend.

ABENTEUERLAND

Es gibt ja Menschen, die behaupten, es gäbe gar keine echten Abenteuer mehr. Es gibt andere Menschen, die sagen, dass eben jene Menschen offensichtlich keine Katzen haben. Denn mit Feliden im Haus werden selbst die einfachsten Tätigkeiten zu Herausforderung. Zum Beispiel Betten beziehen.

Zugegeben: Bevor ich katzifiziert wurde, habe ich derart profanen Tätigkeiten auch keine große Beachtung geschenkt. Mittler-weile bin ich eines Besseren belehrt worden. Wenn es mal wie-der so weit ist, dass neue Bezüge und Laken fällig sind, schleiche ich mich vorsichtig ins Schlafzimmer. Es hat etwas von Indiana Jones und der Suche nach dem Kopfkissen des Todes. Irgendwo da draußen lauern sie und warten darauf, mich zu erwischen, während ich in ihr Allerheiligstes eindringe, um es mit frischer Bettwäsche zu entweihen. Dabei ist es nicht so, dass unser Katzenkampfgeschwader eine Abneigung gegen frisch gewaschene Wäsche hätte. Im Gegenteil: Sie lieben es, gerade dort ihre Katzenhaare und jede Menge Knitterfalten zu hinterlassen. Aber es geht eben auch um's Prinzip.

Einfach heimlich ein Bett neu zu beziehen, geht gar nicht. Und wenn, dann hilft eine Felide dabei gerne.

Und da kommt sie auch schon: Freya ist die erste, die bemerkt, dass im Schlafzimmer etwas nicht stimmt. Das ist insofern erstaunlich, da sie so ziemlich am anderen Ende der Wohnung auf ihrem Kratzbaum liegt und schläft. Aber sie spürt die Erschütterung der Macht – und geht sicherheitshalber nachschauen. Dabei hat sie ein absolut perfektes Timing: Ich habe keine Chance mehr, einen Rückzieher zu machen. Sie erwischt mich sozusagen mit dem noch rauchenden Bettbezug in der Hand, über das Opfer – pardon – das Kopfkissen gebeugt, dem ich gerade das Fell über die Ohren gezogen habe. Sofort hellt sich ihr Blick auf und ihre Ohren beginnen zu zucken. Ich sehe förmlich, wie die Katzenfunkwellen durch den Äther rauschen: »All stations, all stations, all stations. This is Freya, Freya, Freya on position sleeping room. Duvet covers are renewed. All cats are requested to come for help immediately. Over.« Unmittelbar darauf wird der Empfang der Nachricht von den anderen Feliden bestätigt. Und kurz danach kommen auch sie am Ort des Geschehens an.

Bis dahin spielt Freya auf Zeit. Sie springt auf's Bett, läuft schnurrend im Weg herum, setzt sich auf Decken, Kissen und Bezüge, die ich grade greifen möchte, kurz: Sie tut alles, um mich bei der Arbeit zu behindern. Als die übrigen Mitglieder des Katzenkampfgeschwaders eingetroffen sind, ändert sich die Taktik. Munter hüpfen die Flauschnasen über das Bett und spielen »Hasch mich«. Was gehascht wird, ist völlig egal: Hauptsache, es bewegt sich. Das hat zur Folge, dass ich im Sekundentakt irgendeine Pfote aus dem Bettzeug ziehen und dabei aufpassen muss, dass nicht eine Kralle in meinem Finger landet.

Endlich habe ich es geschafft, die alten Bezüge abzunehmen. Das war der leichte Teil. Das Problem ist, die frischen wieder drauf zu bekommen. Denn mittlerweile liegt Freya – völlig erschöpft vom Toben – lang und bräsig auf der Matratze. Meine Versuche, sie von dort zu entfernen, quittiert sie mit einem freundlichen Schnurren, während sie es irgendwie schafft, mit dem Untergrund eine nahezu unlösbare Verbindung einzugehen. Ich fühle mich ein wenig wie ein Bereitschaftspolizist, der versucht, einen Atomkraftgegner aus dem Gleisbett zu lösen, in dem selbiger sich angekettet hat. Der feine Unterschied ist einerseits, dass ich keinen Trennschleifer zur Hand habe und andererseits, dass Störtebeker ständig nach meinen Fingern tatzt, sobald ich sie nach Freya ausstrecke. Das tut er weniger, um seiner Freundin zu helfen, sondern vielmehr, weil er im Ich-tatze-alles-was-sich-bewegt-Modus ist.

Irgendwann schaffe ich es endlich – wenn auch mit perforierten Fingern – Freya von der Matratze zu lösen und sie auf den Boden zu setzen. Glaube ich zumindest. In Wirklichkeit handelt es sich um ein elegantes taktisches Manöver der Feliden: Während ich Freya auf dem Boden absetze, startet Störtebeker einen Scheinangriff auf das bereitliegende Bettlaken. Als ich versuche, ihn davon abzuhalten, zieht er sich vorgeblich zurück. Ich nutze die Gelegenheit, das Laken zu packen und mit einem Schwung auf die Matratze zu werfen. Erst als ich es an den Seiten feststopfen möchte, fällt mir die schnurrende Beule in der Mitte auf: Freya hat sich unbemerkt wieder auf das Bett gelegt und ist nun unter dem Bettlaken. Mein erster Impuls, einfach darunter zugreifen und sie herauszuziehen, entpuppt sich als ziemlich blöde Idee. Katzen haben vier Pfoten: Drei zum Festhalten und eine zum In-die-Finger-Krallen. Nachdem ich meinem gut bestückten Erste-Hilfe-Kasten ein paar Pflaster entnommen und die Blutungen an meinen Fingern notdürftig gestillt habe, kehre ich zurück ins Schlafzimmer. Störtebeker vergnügt sich derweil damit, die Beule unter dem Laken zu jagen. Das macht die Situation noch etwas komplizierter, weil ich damit noch leichter zwischen die Fronten geraten kann.

Ich warte also ab, bis die Freya-Beule Störtebeker an den Bettrand gelockt hat und schubse den Kater fix vom Bett. Während er noch versucht zu begreifen, was gerade geschehen ist, werfe ich die Bettdecke auf Freya, ziehe außerhalb ihrer Pfotenreichweite das Laken etwas aus dem Rand heraus und schiebe die überrumpelte Katze mit der Decke unter dem Laken hervor, woraufhin sie neben den Kater plumpst. Das genügt, um die beiden ein wenig abzulenken: Sie schauen sich an, Freya tänzelt ein wenig seitlich an den Kater heran und dann schießen die beiden mit Lichtgeschwindigkeit aus dem Schlafzimmer. Ich setze mein arrogantestes Zweibeiner-sind-eben-doch-die-überlegene-Lebensform-Lächeln auf und stopfe das Laken wieder in den Rand. Dann greife ich mir eine Decke und den dazu passenden Bezug, auf dem plötzlich Dörle wie ein schlecht gelaunter Betonblock sitzt. Meine Versuche, den Bezug unter ihr herauszubekommen, scheitern. Draußen im Flur höre ich das übrige Katzenkampfgeschwader näherkommen. Mir läuft die Zeit davon. Ich reiße den Bezug unter Dörle hoch und wundere mich, warum er so schwer ist. Dann realisiere ich, dass sechs Kilo Katze sich darin festgekrallt haben und gar nicht daran denken, loszulassen. In

Windeseile beginne ich, Dörles Krallen einzeln auszuhaken, während Freya und Störtebeker immer näher toben. Ich fühle mich, wie ein unerfahrener Sprengmeister beim Entschärfen einer Bombe: Verzweifelt schreie ich meinen Mentor an, der mich per Funkverbindung anleitet: »Noch zehn Sekunden! Welchen Draht? Den blauen oder den roten???« »Den roten…« Ich löse Dörles letzte Kralle. »NEIN! Den blauen!!!« In diesem Moment landet der Kater mit einem Satz neben Dörle, die das nicht sonderlich lustig findet. Sie explodiert direkt vor mir, schreit, tatzt nach dem Kater, erwischt dabei meine Hand und flüchtet. Der Kater schaut kurz verwirrt und springt dann ebenfalls vom Bett, um sich mit Freya zu beratschlagen. Ich begebe mich wieder zum Erste-Hilfe-Kasten und beginne erste Anzeichen einer Blutarmut zu spüren.

Als ich wieder ins Schlafzimmer zurückkehre, ist das Bett zerwühlt, voller Katzenhaare und mit ein paar Blutspritzern garniert. Von den Katzen ist weit und breit nichts zu sehen. Ich möchte gerade ein paar frische Bezüge holen, um meine Arbeit endlich zu beenden, als plötzlich meine Frau vor mir steht. Sie hat einen Gesichtsausdruck, dessen pH-Wert deutlich im sauren Bereich liegt: »Sag mal: Du wolltest doch die Betten beziehen? Alles muss man selbst machen!« Während sie – völlig unbehelligt von den Katzen – neue Laken und Bezüge aufzieht, erwäge ich, Schätze im Dschungel des Amazonasdeltas zu suchen. Das ist vermutlich entspannender und weniger abenteuerlich.

A HOME WITHOUT A CAT…

Ich habe Feierabend. Den Arbeitstag habe ich im Wesentlichen in den Nasen fremder Leute verbracht: Reihentestung im Rahmen einer Viruspandemie – der Traum meiner schlaflosen Nächte. Im Auto wähle ich auf dem MP-3-Player »Cats« aus. Ein bisschen heile Welt muss jetzt sein.

Als ich zu Hause ins Wohnzimmer komme, sagt mir der Blick meiner Frau, dass ich offenbar so aussehe, wie ich mich fühle. Sie hebt kurz die Augenbraue, lässt mich aber sonst in Ruhe. Wir verstehen uns ohne viele Worte. Freya befindet sich wie immer auf ihrem Kratzbaum. Als ich sie hochnehme und mich mit ihr auf das Sofa lege, weiß sie sofort, was zu tun ist und schnurrt los. Dass ich nach einer Mischung aus Kühlschmierstoff und Desinfektionsmittel mit einem Hauch Nitrilkautschuk rieche, findet sie außerordentlich faszinierend. Ihr Sinn für Reinlichkeit verlangt allerdings, hier für Ordnung zu sorgen. Und so schlabbert sie hingebungsvoll meine Hand ab. Kurz darauf erscheint auch Dörle auf der Bildfläche. Mit einem »Mwau!« springt sie auf das Sofa, schnüffelt kurz und wirft mir einen Ach-du-lieber-Himmel-was-ist-denn-mir-dir-los-Blick zu. Man kann über sie sagen was man will. So schwierig sie manchmal sein kann, aber wenn man sie braucht, ist sie da. Die Katze tretelt etwas unschlüssig auf der Decke herum, bevor sie auf die Sofalehne springt, sich kraulen lässt und dann die Hand abschlabbert, die Freya noch nicht in Arbeit hatte. Langsam entspanne ich mich etwas, obwohl ich mich immer noch klebrig und stinkig fühle. Meine Frau lächelt mich an und teilt mir mit, dass es Frikadellen zum Abendessen geben wird. Die richtige Nachricht zur richtigen Zeit. Sie kann nicht nur kochen, sondern hat auch noch das richtige Timing drauf. Liebe geht eben doch durch den Magen. Irgendwie wringe ich mir ein Lächeln ins Gesicht, was die Katzen dazu veranlasst, das Schlabbern einzustellen und sich auf's Schnurren zu konzentrieren. Ich setze die beiden Feliden vorsichtig ab, bedanke mich für ihre Fürsorge und erkläre meiner Frau, dass ich erstmal unter der Dusche verschwinden werde.

Im Schlafzimmer stoße ich auf Störtebeker, der tief und fest in seinem Sessel schläft. Dass ich etwas gleichgewichtslahm gegen das Bett torkle und mich auch sonst in etwa so dezent bewege, wie ein Panzerbataillon beim Angriff, stört ihn nicht. Als ich deutlich sauberer wieder aus dem Bad zurückkehre, um mir frische Klamotten anzuziehen, räkelt er sich etwas zurecht, wackelt mit den Ohren und schläft weiter. Obwohl er nur daliegt, strahlt er eine Ruhe und Gemütlichkeit aus, wie es nur schlafende Katzen können. Eine Welle der Entspanntheit trifft mich und plötzlich ist alles wieder gut. Ich bin zu Hause und die böse Welt ist irgendwo da draußen. Sie kann mir nichts anhaben. Katzenmagie schützt unser Refugium. Ich muss an den Spruch »A Home without a Cat is just a House« denken.

Ich lächle…

DER FLUCH

Die Bootssaison steht vor der Tür. Zeit, die Seekarten auf den neuesten Stand zu bringen. Ich lade mir die Sammelberichtigung aus dem Internet herunter, schnappe mir Karten, Navigationsbesteck und Stifte, breite alles auf dem Tisch aus und beginne zu lesen: »Verlege Tonne 52a nach 53° 32,290'…« – »BRRRWAAUUU?« Freya hat mich auf ihrem Patrouillengang entdeckt und würde gerne wissen, was ich da treibe. Oder schmusen. Zumindest Aufmerksamkeit bekommen. Ich lächle sie an, streiche ihr über Kopf und Rücken, versichere ihr, dass sie eine liebe Katze ist und ich sie unglaublich gerne mag, dass ich aber aktuell etwas anderes zu tun habe und mich gerne konzentrieren würde. Sie schaut mich aus ihren gelben Scheinwerferaugen groß an und sagt erstmal nichts. Also widme ich mich wieder der Kartenkorrektur. Mit dem Stechzirkel suche ich die Positionsangabe. Als ich die Nadel in das Papier der Karte drücke, verspüre ich einen stechenden Schmerz an der Wade. Habe ich es mit der Rache der Vodookarte zu tun? Nein. Ein fröhliches »Mwauwau?« belehrt mich eines Besseren. Freya hängt mit ihren nadelspitzen Krallen in Hose und Bein. Liebe Katze ist gut, aber beschmuste liebe Katze ist viel besser, sagt mir ihr Blick, der immer noch freundlich ist.

Ich versuche ruhig zu bleiben, hake die Krallen aus mir heraus, streichle die Katze noch einmal und drehe mich wieder zur Karte. »Verlege Tonne 52a… wo zum Teufel ist die Katze?« Ich schaue an mir herunter. Freya sitzt unschuldig neben meinen Füßen am Boden, sieht mich treuherzig an und beginnt, sich zu putzen. Gut. »Verlege Tonn… die hängt doch gleich wieder in meinem Bein…« Freya denkt gar nicht daran. Sie schleckt gerade hingebungsvoll ihren After ab. Ich denke an die Fernsehwerbung, die mir schon als Kind in den Kopf gehämmert hat, dass sauber nicht ausreichend ist. Es muss porentief rein sein. Freya hat offenbar den gleichen Spot gesehen. Wo war ich? Ach ja. Tonne 52a im Fahrwasser wartet darauf, verlegt zu werden. Ich greife nach dem Zirkel. Als ich ihn in den Kartenrand einstechen möchte, zögere ich. Was, wenn Zirkel und Katze eine geheime, mysteriöse, unheimliche Verbindung miteinander haben. Was, wenn jedes Mal, wenn der Zirkel genutzt wird, Freya ein Blutopfer darbringen muss? Es würde zumindest erklären, warum sie mir vorhin im Bein gegangen hat. Wo hatte ich den Zirkel doch gleich nochmal her? Ich sehe das Gerät nachdenklich an. So verflucht wirkt er eigentlich nicht. Ein ganz normaler Navigationszirkel mit zwei Nadeln, den ich seinerzeit in der Bootsfahrschule erworben hatte. Offenbar ist meine Phantasie mal wieder mit mir durch-gegangen. Ich schüttle leicht den Kopf über mich selbst, suche die Positionsangabe, steche den Zirkel beherzt ein und zucke mit einem Brüller zusammen. Freya hat gerade ihre Krallen entschlossen wieder in mein Bein gerammt und versucht, sich an mir hochzuziehen. Ich werfe den Zirkel auf den Tisch, hake die Katze aus und setze sie auf den Boden. Den darauffolgenden Anschiss nimmt sie stoisch hin. Sie schaut mich kurz an, dann fällt ihr ein, dass sie ihre Pfote noch nicht geputzt hat. Ich sehe meine Worte an ihr abperlen, als ob sie in eine Teflonschicht gehüllt wäre.

Nachdem ich nochmal mein schmerzendes Bein gerieben habe, greife ich wieder zum Zirk… Moment! Vorsichtig schiele ich zur Katze herunter. Sie sieht eher harmlos als besessen aus. Aber man weiß ja nie. Ich taste nach dem Zirkel. Als ich zupacke, graben sich die Spitzen in meine Finger. Ein Blutstropfen klatscht auf das Titanwerk auf dem Blexer Groden. Egal. Ist eh oberhalb des Wasserspiegels und interessiert daher nicht wirklich. Ehe ich die Karte noch mehr versaue, stecke ich den Finger in den Mund und lutsche darauf herum. Als ich mich umdrehe, um mir im Bad ein Pflaster zu holen, steht meine Frau vor mir. Sie sagt nichts. Allerdings bedeutet mir ihr Blick, dass sie a) an meinem Geisteszustand zweifelt und b) derart regressives Verhalten nicht gutheißt. Dass ich versuche, mich mit dem Finger im Mund zu erklären, macht es nicht besser: »Dapf war die Kapfe mip bem Pfirkel umb bamm hab ipf aupf bapf Pipanberk geblupep.« Die Augenbraue meiner Frau bewegt sich nach oben. Dann dreht sie sich um und geht weiter. Ich sehe ihr nach, bevor ich mir im Bad einen Wundschnellverband verpasse. Als ich wieder bei der Karte bin, ist von Freya nichts zu sehen. Kein Wunder. Schließlich wurde das Blutopfer ja dargebracht. Bei Gelegenheit sollte ich mir sicherheitshalber einen neuen Stechzirkel besorgen. Ich tupfe das restliche Blut vom Titanwerk und kümmere mich wieder um Tonne 52a. Vorsichtshalber steche ich den Zirkel nicht ein. Das macht die Arbeit zwar etwas fummeliger, aber ehe ich wieder perforiert werde…

Endlich habe ich die neue Position der Tonne im Fahrwasser gefunden. Ich setze den Bleistift an, um sie zu markieren, als mit einem lauten »Platsch« etwas schwarzes direkt neben mir auf dem Tisch landet. Vor Schreck ziehe ich mit dem Bleistift eine sehr unregelmäßige Kurslinie von Tonne 52a quer durch den alten Hafen, zwischen Marien- und Bürgermeister-Smidt-Kirche hindurch, bis ich irgendwo südöstlich der Grinbybrücke strande. Freya sitzt derweil auf dem

Langlütjensand und schaut mich an. Nachdem meine Pulsfrequenz wieder in halbwegs sicheren Gefilden ist, packe ich die Katze, setze sie etwas unsanft auf den Boden und beginne, die gezackte Bleistiftlinie von der Karte zu radieren. Ich markiere die neue Position der Tonne 52a, schaue nochmal vorwurfsvoll zu Freya, die einen Meter entfernt auf dem Boden sitzt und nicht im Geringsten schuldbewusst aussieht und suche die nächste Korrektur: »Ersetze 11 9 durch 11 1, Position 53°...« Ah. Das Fahrwasser ist versandet. Bei der Tiefe kratzt mich das zwar nicht, aber egal. Ich suche die Position am Kartenrand, greife nach dem Stechzirkel... und zögere.

Ich sehe Freya an, sie schaut zurück. Zirkelfluch oder nicht, das ist hier die Frage. Ich erwäge, sicherheitshalber einen Exorzismus bei Freya durchzuführen, um die Unfallgefahr bei der Arbeit mit Stechzirkel und Seekarte zu minimieren. Was braucht man dazu? Kreuz? Habe ich irgendwo noch. Bibel? Habe ich auch. Weihwasser? Verdammt! Ist mir gerade ausgegangen. Genauer gesagt: Hatte ich noch nie im Haus. Ich überlege fieberhaft. Ob es Whisky auch tut? In dieser Hinsicht bin ich gut sortiert. Es muss ja kein teurer Malt sein. Ein guter Blend sollte es bei einer kleinen Katze auch tun.

Auf dem Weg in mein Zimmer läuft mir meine Frau wieder über den Weg. »Wo willst Du denn so eilig hin?« fragt sie freundlich, aber auch besorgt. Sie weiß, dass die letzten Wochen stressig für mich waren und macht sich etwas Sorgen. Ich öffne gerade den Mund, um ihr zu antworten, als der Wachhabende in meinem Gehirn endlich aufwacht und auf den Notaus-Knopf drückt. »Denk nach«, flüstert mir eine innere Stimme zu. »Glaubst Du, es kommt bei Deiner Frau gut an, wenn Du ihr sagst, dass Du Whisky holen willst, um einen Exorzismus an der Katze durchzuführen?« Zwischenzeitlich wird der Blick von meiner Frau etwas sorgenvoller und durchdringender. Ich fühle mich ein wenig, wie ein aufgespießter Käfer in einer Insektensammlung. »Äh... Whisky... Ich wollte einen Whisky... um die Katze... äh...also mit der Katze. Vergiss es. Ich korrigiere gerade Karten. Alles gut.« Freya schnurrt aus meinem Zimmer heraus und streicht um unsere Beine. Sie und meine Frau schauen mich an. »Naja dann... Ist wirklich alles in Ordnung?« »Ja, alles gut. Ich hatte bloß vorhin... Freya hat mir die Krallen...« Ich hebe meinen Finger hoch. Das ist zwar sachlich nicht ganz korrekt, aber nachdem der Stechzirkel und Freya in ihrem Fluch verbunden sind, will ich nicht allzu penibel sein. »Na dann ist es ja gut«. Meine Frau entschwindet nach unten, Freya tobt hinterher.

Ich gehe erleichtert in mein Zimmer zur Karte, packe den Zirkel, suche die angegebene Position und stelle fest, dass dort gar keine Tiefenangabe vorhanden ist. Nach etwas Verwirrung sehe ich auf den Kartenrand und finde heraus, dass ich eine völlig veraltete Auflage in der Hand halte. Weiß der Geier, wo die herkommt. Aber eine Berichtigung macht hier keinen Sinn mehr. Ich räume die Karte weg und nehme mir die nächste vor. Die Auflage passt, Freya ist nicht hier. Kein Fluch, keine geheime Verbindung, kein Blutopfer. Ich bin gerettet. Mein Blick fällt auf das Seegebiet südwestlich von Mellum. Dort liegt die Störtebekerbank. »Wwwwauuu?« Ich drehe mich um.

Hinter mir steht ein roter Kater und sieht mich an…

STÖRTIE MACHT URLAUB

Die letzten Wochen waren – mit einem Wort beschrieben – gruselig. Ich schleppe mich irgendwie durch Arbeit und Alltag und auch meine Frau braucht dringend einen Tapetenwechsel. Doch Rettung naht: Im Kalender rückt der einwöchige Eintrag »Urlaub« langsam aber stetig näher.

Erfahrene Katzenbedieneinheiten wissen allerdings, dass es so einfach dann doch nicht ist. Feliden brauchen ihre Routine, sind reviertreu, hochintelligent und sensibel. Im Klartext: Man kann sie nicht ohne weiteres in den Urlaub mitnehmen, muss sich etwas sehr Gutes einfallen lassen, um nicht unliebsame Überraschungen zu erleben und hat während der Abwesenheit ständig ein schlechtes Gewissen. Etwas Gedanken machen wir uns um Störtebeker. Er hat sich gerade in die neue Umgebung eingelebt und bei Stress eine – dezent gesagt – flinke Verdauung. Wir wissen nicht, wie er reagieren wird, wenn sich sein Alltag schon wieder abrupt ändert. Allerdings hat er ja noch seine Wingmen als Unterstützung an seiner Seite. Speziell in unsere Katzenbetreuungs- und Sanitätskatze Freya setzen wir unser Vertrauen. Sie und Dörle wissen, was »Urlaub« bedeutet – was allerdings nicht zwangsläufig zur Folge hat, dass sie dergleichen Absichten ihrer Bedieneinheiten auch gutheißen würden.

Aber es hilft alles nichts. Auch Zweibeiner brauchen mal eine Auszeit. Und wenn es nur ein Besuch bei der Schwiegermutter ist: Vollpension (also VOLLpension, da die servierte Kalorienzahl für ein halbes Armeekorps reichen würde), ländliche Idylle und, abgesehen von gelegentlichen Hausmeistertätigkeiten als kleines Dankeschön für die Gastfreundschaft, herrliches Faulenzen in den Tag hinein. Um unser schlechtes Gewissen gegenüber unserem Katzenkampfgeschwader im Rahmen zu halten, müssen es die Vierbeiner also mindestens (!!!) genauso angenehm haben. Deswegen haben wir schon vor geraumer Zeit eine Katzenpension gefunden, die in etwa einem Fünf-Sterne-Resort mit all-inclusive entspricht: Viel Raum für die Katzen, jede Menge zu entdecken, liebevolle Rundumbetreuung und Futter satt. Die Eigentümer sind mindestens genauso verrückt nach Katzen wie wir und stecken viel Herzblut und Liebe in ihre Pension. Dörle und Freya sind bereits mehrfach dort zu Gast gewesen und nehmen mittlerweile ihr Ferienrevier routiniert innerhalb kürzester Zeit in Beschlag. Für Störtie wird es das erste Mal in seinem Leben sein, dass er Urlaub macht. Wir sind gespannt, was er dazu meint.

Also alles in Butter und nur zufriedene Gesichter, sollte man meinen. Weit gefehlt! Regel eins: Feliden brauchen ihre Routine, sind reviertreu, hochintelligent und sensibel. Anders gesagt: Sie merken sofort, wenn etwas im Busch ist, und sind alles andere als erfreut darüber. Die Bedieneinheiten laufen plötzlich hin und her, räumen den Inhalt ihrer Schränke in Taschen und freuen sich wie Bolle? Das ist HOCHverdächtig. Wingleader Störtebeker schickt sein Geschwader auf Erkundungsflug, sammelt Informationen, berät sich mit seinem Stab und kommt zum Schluss, dass er erstmal abwartet, was dieser »Urlaub«, auf den die Zweibeiner sich so freuen, genau ist. Diese Haltung wird von den übrigen Feliden so nicht ganz geteilt.

Am nächsten Morgen stelle ich fest, dass Freya vor lauter Stress auf den Teppich im Flur gekotzt hat. Ein paar Meter weiter hat Dörle ihrer Empörung über die atmosphärischen Störungen in ihrem Reich dadurch Luft gemacht, dass sie wieder einmal eine kunstvolle Pfütze unter meinen Stiefeln hinterlassen hat. Das fängt schon gut an. Immerhin bin ich froh, dass sie wenigstens unser Gepäck in Ruhe gelassen haben. Störtebeker ist erstaunlicherweise ziemlich gelassen. Als die Zeit der Abreise naht, bunkern wir die Katzen in der Küche ein, da diese nur eine sehr limitierte Auswahl an Fluchtmöglichkeiten bietet. Die wenigen, die es gibt, werden von den Katzen aber geschickt genutzt, sofern sie Gelegenheit dazu haben. Da speziell Dörle diesbezüglich großes Talent erwiesen hat, schnappt meine Frau sie sich, als die Katze es am wenigsten erwartet. Mit einem »halt mal« drückt sie mir die Felide, die die Ausstrahlung einer Handgranate kurz vor der Zündung hat, in den Arm. Dann verschwindet sie, um die Transportkiste zu holen. Erstaunlicherweise lässt sich Dörle durch ein paar einschmeichelnde Worte und etwas Kraulen so weit beruhigen, dass ich meinen Urlaub halbwegs unverletzt antreten kann. Mehr noch: Sie lässt sich vergleichsweise einfach in die Transportkiste verfrachten und wehrt sich nur pro forma. Vermutlich reicht es ihr, dass sie mir mit ihrem Protestpinkler den Start in den Tag gründlich vermiest hat. Außerdem kennt sie dir Prozedur bereits und weiß, dass sie ohnehin keine Chance hat. Wozu also unnötig Energie verschwenden?

Freya hat zwischenzeitlich aufmerksam zugesehen und versucht, unter den Küchentisch zu entkommen. Zu ihrem Pech ist sie etwas zu langsam, was mir die Möglichkeit gibt, sie zu schnappen. Als wir sie zu Dörle in die Kiste setzen wollen, ertönt aus dem Inneren ein Grollen, das dem eines mies gelaunten Höhlenbären in nichts nachsteht. Freya legt leicht panisch im Vierpfotenantrieb den Rückwärtsgang ein und schaut mich mit einem flehenden Blick an, wie ein Knastbruder, der nicht mit dem psychopathischen Schlägertypen in eine Zelle möchte. Wir haben ein Einsehen und setzen sie in die zweite Box.

Störtebeker hat das Schauspiel interessiert verfolgt und leistet keinerlei Widerstand, als wir ihn zu Freya setzen. Eine reife Leistung für den roten Riesen, der Transportboxen wohl eher mit unangenehmen Dingen wie Tierheim oder Tierarzt verbindet. Wie auch immer. Das Auto ist gepackt. Jetzt noch die Katzen einladen, in die Pension bringen und ab zur Schwiegermutter. Klingt einfach, ist es aber nicht.

Kaum sind wir losgefahren, wirft sich Dörle in Pose und legt los: »Mi-mi-mi... mi-miiiii... MIAUUU... MIAUUUU... MIAUUUU..« Stimmgewaltig wie immer und aufgrund der vorangegangenen Streitereien mit dem Kater in Bestform, untermalt Dörle die gesamte Fahrt zur Katzenpension – immer-hin eine gute halbe Stunde – akustisch. Die Begeisterung ihrer Staffelkameraden hält sich in Grenzen. Ab und an hört man auch aus der anderen Box ein zaghaftes »Mau«, aber es klingt eher wie eine Gruppe lustloser Konfirmanden, die auf Freizeit aufgefordert werden, am Lagerfeuer Kum-Ba-Jah zu singen. Abgesehen davon hat Freya ganz andere Sorgen. Sie verträgt Autofahrten unglücklicherweise nicht wirklich. Dass es wenige Dinge gibt, die peinlicher sind, als ein Sanitäter, der sich ohne ersichtlichen Grund die Eingeweide auswringt, ist ihr egal. Diesmal braucht sie nur wenige Kilometer, bis sie sich ihr Frühstück nochmal durch den Kopf gehen lässt. Ich hoffe inständig, dass der Kater nicht direkt in der Abflugschneise sitzt. Auch, wenn ich sicherheitshalber Feuchttücher dabeihabe. Für einige Minuten wabert ein einschlägiger Geruch durch das Auto. Ob sich Störtie, der ja auch zu verdauungstechnischen Fehlreaktionen neigt, an seiner Freundin ein schlechtes Beispiel nimmt? Gottseidank bleibt es bis auf das Gemaunze von Dörle ruhig.

Einige Zeit später rollen wir auf den Hof der Katzenpension. Der Inhaber wartet schon auf uns und nimmt uns freundlich wie immer in Empfang. Störtebeker und Freya müssen erstmal durch die Dekontamination, sprich: Sie werden im Badezimmer einzeln aus der Transportbox genommen, inspiziert und wenn nötig gereinigt. Immerhin hat Freya ihre Spuckkünste perfektioniert. Nachdem Störties Vorgänger bei ähnlicher Gelegenheit schon fast reif für eine 95 Grad Wäsche mit anschließendem Schleudergang war, hat sie sich diesmal dezent in eine Falte des Handtuchs entleert, das in der Box lag. Sowohl Störtebeker als auch sie kommen mit minimalen Reinigungsarbeiten davon.

Im Zimmer liegt Dörle bereits etwas gestresst auf einem der Kratzbäume. Nachdem sie sich allerdings entspannt von mir kraulen lässt, merke ich, dass sie ihr inneres Gleichgewicht in ein paar Minuten wiederfinden wird, zumal ihr geliebter Balkon auf sie wartet. Freya spachtelt die Reste vom Willkommensfutter in sich hinein, die der Kater gerade übriggelassen hat. Man weiß ja nie, wann die nächste Autofahrt ansteht, und dann sollte man vorbereitet sein. Störtie wiederum erkundet nach seinem zweiten Frühstück zielgerichtet die Umgebung und stellt erfreut fest, dass es jede Menge Klettermöglichkeiten und sogar Katzenkumpels gibt. Einer davon ist ein verschüchterter rot-weißer Kater, der eine Art Notfallgast ist: Seine Bedieneinheit musste plötzlich in Krankenhaus und der arme Kerl landete kurzerhand in der Pension. Er begrüßt uns schüchtern, als wir den letzten Papierkram erledigen und dann abfahren.

Zwei Tage später erreicht uns ein freundlicher Gruß aus der Katzenpension: Dörle macht es sich wahlweise auf Balkon oder – wenn es draußen zu kalt ist – der Fensterbank gemütlich, Freya chillt (wie könnte es anders sein) auf einem der multiplen Kratzbäume und Störtebeker zieht mit seinem neuen Freund durch die Gegend: Dem rot-weißen Kater, der sich plötzlich alleine in einer völlig neuen Umgebung wiedergefunden hat. Urlaub kann so entspannend sein.

STÖRTIE IS NOT AMUSED!

Viel zu schnell ist der Urlaub vorbei und es ist Zeit, die Katzen wieder nach Hause zu holen. In der Pension werden wir schon erwartet und nach oben geführt. Das Katzenkampfgeschwader hat ein Stockwerk ganz für sich alleine. Der kleine rot-weiße Kater ist wieder bei seiner Bedieneinheit. Als wir die Tür öffnen, steht Störtebeker im Gang und sieht uns mit einem Was-wollt-IHR-denn-hier-Blick leicht beleidigt an. Mir schwant böses… Von Freya ist weit und breit nichts zu sehen, Dörle liegt in einer Höhle des Kratzbaums auf dem Balkon und ist geradezu beängstigend entspannt. Als meine Frau versucht, sie aus ihrem Domizil zu holen, verlegt die Katze sich auf passiven Widerstand, krallt sich leicht in die Unterlage und ist ansonsten so flexibel wie ein nasser Sack. Offenbar hat sie die vergangene Woche dazu genutzt, Ghandis Werke und die Protestanleitung für den kleinen Atomkraftgegner zu lesen. Mit Erfolg, denn nach ein paar Minuten gibt meine Frau auf: »Mach Du mal. Ich bekomme sie da nicht raus«. Klar. Die Ich-bin-ein-schwaches-Weib-Tour gepaart mit Schließ-lich-ist-es-deine-Katze. Ich liebe es.

Als ich mein Glück versuche, sieht mich Dörle mit einem mitleidigen Blick an und verzichtet wie zum Hohn sogar darauf, sich festzukrallen. Als ich versuche, sie mit dem Hinterteil zuerst aus der Höhle zu ziehen, lässt sie sich elegant auf die andere Seite fallen und verkeilt sich so in der Ecke. Offenbar hat sie bei Störtebeker Nachhilfestunden genommen. Allerdings hat sie nicht damit gerechnet, dass ich im Studium und der Sanitätsausbildung auch die Grundlagen der Geburtshilfe gelernt habe: Sie hat sich mit ihrem Vorderteil vor dem zweiten Ausgang der Höhle in perfekter Geburtsposition gelagert. Ich rufe mir mein erworbenes Wissen ins Gedächtnis. Erstmal Senkwehen, damit die Katze in den Geburtskanal rutscht. Ich stupse Dörles Hinterteil an und tatsächlich bewegt sie sich mit dem Kopf in Richtung der Öffnung. In meinem Gehirn öffnet sich eine Klappe und ein paar Erinnerungen an die Schwangerschaftsgymnastik vor vielen Jahren purzeln heraus. Zwar sind die Kinder schon erwachsen, aber man lernt ja fürs Leben. Also gebe ich der Katze telepathisch Anweisungen: Pressen… atmen, atmen, atmen… uuuu-und… presssssennnnn… Es funktioniert. Die Katze entwickelt sich… erst der Kopf…dann die Schultern… Ich greife sie vorsichtig, ziehe sie aus der Höhle und halte sie stolz vor der Brust. Es ist ein… MIAU.

Ich schlucke den restlichen Vaterstolz herunter und bugsiere Dörle in der Transportkiste. Als nächstes ist Störtebeker dran, der nervös umherstrolcht. Seine Ausstrahlung zeigt, dass er alles andere als erfreut ist. Meine Frau nimmt ihn hoch. Er zittert. Aber es hilft nichts. Ab in die Box. Zwischenzeitlich hört man es in einem der Nachbarzimmer rumpeln. Der Pensionsbesitzer hat Freya geortet, die sich hinter einem Sofa verschanzt hat. Nach kurzer Zeit drückt er mir die kleine schwarze Katze in den Arm. Auch sie scheint nicht erfreut, mich zu sehen, fügt sich aber in ihr Schicksal. Kurze Zeit später fängt sie schon wieder das Schnurren an und kuschelt sich an mich an.

Ganz anders der Kater. Er ist not amused! Erst bringt man ihn hierher, dann nimmt man ihm seinen neuen Kumpel weg, kaum dass er sich angefreundet hat und dann soll er schon wieder verreisen. So geht das nicht! Er schießt einen veritablen Protestpinkler durch das Gitter der Transportbox. So! Nehmt dies! Wir holen Störtebeker wieder heraus. Während meine Frau und ich die Katzen halten, reinigt der nette Pensionsinhaber den Boden und die Box. Störtebeker ist sauer, gestresst und alles andere als erfreut, dass seine Protestaktion nicht die erhoffte Wirkung hat.

Letztlich befinden sich alle Feliden in ihren Transportbehausungen. Wir verabschieden uns und stellen die Katzen auf die Rückbank des Autos. Dörle ist verdächtig still. Stattdessen übernimmt Freya ihren Part und jammert herum, wie ein Schaf mit Magenbeschwerden. Insgeheim schließe ich mit mir eine Wette ab, wann ihr Mageninhalt wieder hochkommt. Freya ist da sehr traditionsbewusst. Womit ich nicht gerechnet habe: Kaum sind wir ein paar Meter gefahren, ertönt von hinten ein Geräusch, als ob ein Gefängniskoch mit Schwung den übelschmeckenden Knasteintopf auf den Teller klatscht: Störties Reizdarm feiert ein Comeback. Innerhalb von Sekunden füllt sich der Innenraum des Autos mit übelst riechenden, erstickenden Dämpfen. Der Wachhabende in meinem Gehirn brüllt: »ABC-Alarm!«. Alte Instinkte werden wach: Luft anhalten und nach der ABC-Schutzmaske an der Hüfte tasten. Äh… Ruhe bewahren… andere Baustelle. Ein paar Relais schalten in meinem Kopf. Meine Hand tastet nach dem Schalter für den Fensterheber. Die Scheibe surrt ein Stück herunter und Frischluft flutet den Raum. Ein wenig fühle ich mich wie James Bond, der wieder einmal einem Mordkomplott entkommen ist. Freya mault derweil unbeeindruckt weiter, behält aber ihren Mageninhalt für sich.

Zumindest bis etwa 500 Meter vor dem Ziel. Dort folgt sie der Tradition und verwüstet die Transportbox endgültig. Wir beschließen, die Katzen unter der Dusche einzeln zu entnehmen und notfalls zu entseuchen. Ein erster Blick in die Box nachdem wir angekommen sind, bestätigt uns in der Entscheidung: Das Innere sieht aus, als ob jemand auf die Idee gekommen wäre, eine Kläranlage zu bombardieren. Immerhin stellt sich heraus, dass es nicht so schlimm ist, wie befürchtet. Die Handtücher im Inneren haben wieder das Schlimmste verhütet. Der Kater ist nicht begeistert, als ich ihm Schwanz und Pfote mit Wasser abspüle. Nachdem er abgetrocknet worden ist, trollt er sich beleidigt. Freya hat es an der Schulter erwischt. Sie mault ein wenig herum und entschwindet dann ebenfalls.

Nachdem auch die Box wieder sauber ist und die Handtücher in der Waschmaschine vor sich hin waschen, kehrt Ruhe ein. Die Katzen erkunden ihr angestammtes Revier und immerhin überwindet Störtebeker sich, mich kurz anzustupsen. Erinnerungen kommen in mir hoch: Das erste Ferienlager meiner Kinder. Erst Terror und Ich-will-da-nicht-hin. Eine Woche später Terror und Ich-will-hier-nicht-wieder-weg. Manche Dinge verfolgen einen das ganze Leben...

DIE NACHT IST NICHT ALLEIN ZUM SCHLAFEN DA

Gustaf Gründgens landete 1938 mit »Die Nacht ist nicht allein zum Schlafen da« einen Hit, der bis heute bekannt ist. Jeder Bedieneinheit ist dabei klar: Der Mann muss Katzen gehabt haben.

Störtebeker schmollt nach der Rückkehr aus der Katzenpension noch bis in den Abend hinein. Erst nach und nach nähert er sich an, hält aber trotzdem noch eine gewisse Distanz. Nachdem ich am nächsten Tag wieder arbeiten muss, gehen wir zur üblichen Zeit ins Bett. Irgendwie war der Tag trotz allem etwas fordernd, so dass ich rechtschaffen müde bin. Außerdem schlafe ich immer etwas schlecht, wenn nach dem Urlaub die Arbeit wieder ruft. Faktisch fühle ich mich ein wenig wie ein Faultier auf Speed, was das Einschlafen nicht gerade erleichtert. Kaum döse ich ein, spüre ich, dass etwas schnurrend auf mir herumläuft. Ich kenne die Stimme. Ein kurzer Griff, mit dem ich etwas Fell ertaste, bestätigt meine Vermutung: Störtie is back in town. Und er ist plötzlich akut unterschmust. Keine Spur mehr vom beleidigten Kater. Versöhnung ist angesagt. Dass die Uhrzeit alles andere als passend ist, interessiert ihn nicht. Denn wenn schon geschmust wird, dann bitte auf Gegenseitigkeit. Das bedeutet: Es ist nicht damit getan, ruhig dazu-liegen und den Kater einfach machen zu lassen. Nein, Störtebeker ist da anders als andere Katzen. Er ist der Animateur unter den Katzen. Sein Verhalten erinnert an einen adrenalingetränkten Aerobic-Trainer für Hausfrauen auf Mallorca: »Sind wir alle glücklich?... Lauter! Ich höre Euch nicht! ... SIND WIR ALLE GLÜCKLICH???... Und nochmal: Und Step und Step...«

Zwar hüpft er nicht in einem hautengen Gymnastikanzug auf dem Bett herum, dafür rammt er seinen kantigen Schädel immer wieder gegen meinen Arm, bis ich ihm schlaftrunken etwas Platz mache und ihn streichle. Nachdem er seine feuchte Nase ein paarmal an mir abgeschnoddert hat, liege ich endlich so, wie er es haben möchte. Er dreht ein wie ein Schlachtschiff vor der Breitseite und lässt sich dann auf meinen Arm plumpsen. Den anderen stößt er mit den Pfoten in Position, wobei er notfalls auch die Krallen einsetzt, um ihn wieder heranzuziehen. Dabei schnurrt er wie ein Geschwader Super Constellations.

Kaum döse ich wieder etwas ein, stellt der Kater fest, dass er doch nicht richtig liegt. Ob irgendetwas drückt oder es an etwas anderem liegt, entzieht sich meiner Kenntnis. Vermutlich ist er nicht korrekt nach den Regeln von Feng Shui positioniert. Also steht er wieder auf, dreht eine Runde, rammt seine feuchte Nase in meinen Arm und fällt wieder in Position. Das Ganze wiederholt sich noch ein paar Mal, bis er endlich so liegt, wie er es sich vorstellt. Ich brumme zufrieden und nicke langsam wieder weg, da ich annehme, dass er jetzt Ruhe gibt. Meine Nase steckt in seinem Fell, sein beruhigendes Schnurren dringt an mein Ohr.

Ich schrecke hoch, als er seinen Kopf in meine Handfläche rammt und seine feuchte Nase durchzieht. Dabei sabbert er glücklich vor sich hin, was die ganze Sache nicht gerade trockener macht. Müde kraule ich seinen Kopf, was ihn dazu anspornt, ein wenig lauter zu schnurren und verzückt seinen Schädel mitsamt der triefenden Futterluke in meiner Handfläche zu versenken. Es muss irgendwann zwischen ein und zwei Uhr nachts sein, als ich es schaffe, irgendwie wieder einzudämmern. Im Einschlafen spüre ich, wie der Kater aufsteht, vom Bett springt und entschwindet. Kurz vor Erreichen der Tiefschlafphase ist Störtie wieder da. Das Problem ist, dass ich ihn zwar am liebsten im hohen Bogen aus dem Bett werfen würde, er aber trotz allem eine beruhigende Ausstrahlung hat und ein weiches, wunderbar riechendes Fell vor meine Nase hält, was mich sofort wieder versöhnt. Es muss zwischen drei und vier Uhr sein. Kurz vor sechs wird der Wecker klingeln. Wird schon werden. Immerhin bin ich zwischenzeitlich so müde, dass ich schon fast automatisch den Anweisungen des Katers folge und ihn kraule. Mir wird bewusst, dass man nicht eindeutiger zeigen kann, wer in unserem Haus die überlegene Lebensform ist. Sollte mich irgendwann ein Alien darum bitten, zu unserem Anführer gebracht zu werden, verweise ich ihn wohl an Störtebeker.

Mittlerweile sind wir wieder dort angelangt, wo wir vor rund eineinhalb Stunden schon mal waren: Der Kater liegt schnurrend in meinem Arm, sabbert glücklich in meine Handfläche und stupst mich immer dann an, wenn ich drohe, einzuschlafen. Einige Zeit später steht er auf. Diesmal, um auf dem Bett und seinem Inhalt umherzuwandern. Kurz danach später thront er auf meiner Frau, die einen beneidenswerten Schlaf hat und nur wach wird, wenn eine Katze nachts Futter einfordert. Alles andere ignoriert sie. Ich nutze die katerfreie Gelegenheit, um mich mit der Absicht, zumindest noch ein kleine Mütze Schlaf zu erwischen, umzudrehen. Kaum dämmere ich endlich weg, klingelt der Wecker.

Als ich einige Zeit aus dem Bad wieder ins Schlafzimmer komme, liegt Störtebeker zusammengerollt auf meinem Bett und schnarcht leise vor sich hin. Ich mache mir Frühstück, verlasse die Wohnung und fahre zur Arbeit. Aus dem Autoradio klingt die frohe Stimme von Gustaf Gründgens: »Die Nacht ist nicht allein zum Schlafen da…«

DREAM A LITTLE DREAM

Es ist später Nachmittag, als ich von der Arbeit nach Hause komme. Meine Frau ist nicht da, als ich den Flur betrete. Dafür kommt Freya aus der Küche gedackelt. Sie bleibt vor mir stehen und schaut mich freundlich an, wie es ihre Art ist. Ich begrüße sie und kraule dabei ihren Kopf:»Grüß Dich, Freya. Na, alles gut?«»Yo, danke. Kannst Du mir bitte noch ein wenig den Rücken kraulen?… Aaaaahhhhh, jaaaaa, daaaaas ist guuuut.« Die Katze mach einen leichten Buckel und schmiegt sich an meine Beine.

»So, jetzt ist gut. Lass mich erstmal nach Hause kommen. Ich schmuse nachher noch ein wenig mit Dir, ja?«»Ist okay. Bist Du dann wieder oben an Deinem Rechner?«»Ja.«»Alles klar, dann bis gleich.« Freya trollt sich von dannen und ich gehe in die Garderobe, um mich meiner Jacke und den Stiefeln zu entledigen. Als ich den Raum betrete höre ich ein Scharren aus der Katzentoilette. Kurz darauf kommt Störtebeker daraus hervor-gekrabbelt. »Moin Störti.«»Moin.«

Als ich mich bücke, um die Stiefel wegzustellen umhüllt mich plötzlich eine veritable Dunstwolke, was mich zu einem Kommentar in Richtung des Katers veranlasst, der gerade im Begriff ist, in der Küche zu verschwinden: »Puha… Du alter Stinker.« Er sieht mir direkt in die Augen. Sein Blick ist stahlhart. Ich habe einen Fehler gemacht. »Alter Stinker? ALTER STINKER?! Sag mal, weißt Du eigentlich, wie belastend es für eine Katze ist, einen Reizdarm zu haben? Wir sind reinliche Tiere. Ich habe mir das nicht ausgesucht. Wenn es in dem Laden hier mal anständiges Futter gäbe, dann…«»Ist ja gut, ist ja gut«, unterbreche ich ihn versöhnlich. »Du hast ja recht.« Störtie beruhigt sich augenblicklich wieder. »Na also.« Er dreht mir den Rücken zu und verschwindet in der Küche. Kaum ist er durch die Tür, kommt Dörle die Treppen herunter und bleibt vor mir stehen. Auch sie begrüße ich freundlich und kraule ihr die Seiten, ahnend, was da jetzt wohl kommt. Und ich behalte recht.

Nachdem sie ein wenig gestreichelt worden ist, legt sie los: »Wird aber auch höchste Zeit, dass Du hier mal kommst. Ständig seid ihr unterwegs und lasst mich hier mit dem Kater allein. Warum ist der eigentlich… oh jaaa, DAS ist schön… weiterkraulen… noch da? Bringt den doch einfach wieder ins Tierheim. Der versaut hier nur meine Katzenklos und frisst mein Futter weg.«»Das habe ich gehört«, tönt es aus der Küche zwischen ein paar leichten Schmatzgeräuschen. »Sag ich´s nicht?« ereifert sich Dörle. Ich versuche, sie zu beruhigen: »Nun komm mal wieder runter. Statistisch gesehen hat jede Katze hier im Haus 2,3 Katzentoiletten zur Verfügung. Da wird ja wohl eine für Dich übrig sein, oder?« »Ja, wenn ich ganz nach oben gehe! Aber was ist, wenn ich hier mal dringend muss? Und die Frage mit dem Futter haben wir damit auch nicht geklärt. A propos Futter:.. Würdest Du mich bitte weiterkraulen?! – Danke… Wann gibt es eigentlich wieder Trockenfutter?« »Heute Abend. Das weißt Du ganz genau.« »Pfff… heute Abend. Bis dahin bin ich verhungert. Ich bin ja jetzt schon entkräftet.« Malerisch lässt sich die Katze auf die Seite fallen wie ein waidwunder Elefant. Ich kraule ihr nochmal kurz über die Flanke: »Ich denke, Du wirst es überleben.« Ich steige über sie hinweg und gehe ins Wohnzimmer. Dörle sendet mir einen beleidigten Blick nach. Nachdem ich doch etwas müde bin, beschließe ich, mich noch ein wenig auf's Sofa zu legen, bevor ich noch das ein oder andere am Rechner erledige. Ich kuschle mich in eine Decke und dämmere ein.

Ich werde durch einen Druck auf der Brust geweckt, der von einem fröhlichen Schnurren und dem unverkennbaren Dunst von Katzenfutter mit Thunfisch begleitet wird. Freya steht auf meiner Brust und schlabbert mir freundlich die Nase ab. Schlagartig bin ich wach. Etwas Sabber läuft mir aus dem Mundwinkel. Offenbar war ich nach der Arbeit so erledigt, dass ich auf dem Sofa in einen tiefen Schlaf gefallen bin. Und dann dieser blödsinnige Traum: Mit den Katzen reden, ist ja eine Sache. Aber dass sie antworten… und ich sehe das auch noch als völlig normal an. Also wirklich! So ein Unsinn. Offenbar mutiere ich langsam zu einem verrückten Katzenmenschen.

Freya steht immer noch auf mir und schnurrt mich an. Ich streiche ich sanft über den Kopf. »Na, Freya? Alles gut, meine Kleine?« Sie sieht mich aus ihren Scheinwerferaugen an: »Yo. Danke. Und selbst???«